名家解读中外文学名著书系

主　编　傅璇琮　彭定安　刘继才

《三国演义》全新解读

张家鹏　编著

东北大学出版社

·沈　阳·

图书在版编目（CIP）数据

《三国演义》全新解读／张家鹏编著. —沈阳：东北大学出版社，2014.3（2025.1 重印）

（名家解读中外文学名著书系／傅璇琮，彭定安，刘继才主编）

ISBN 978-7-5517-0365-9

I. ①三…　Ⅱ. ①张…　Ⅲ. ①《三国演义》研究　Ⅳ. ①I207.413

中国版本图书馆 CIP 数据核字（2013）第 159198 号

出　版　者：东北大学出版社
　　　　　　地址：沈阳市和平区文化路 3 号巷 11 号
　　　　　　邮编：110819
　　　　　　电话：024－83687331（市场部）　83680267（社务室）
　　　　　　传真：024－83680180（市场部）　83680265（社务室）
　　　　　　E-mail：neuph@ neupress. com
　　　　　　http：//www. neupress. com
印　刷　者：三河市万龙印装有限公司
发　行　者：东北大学出版社
幅面尺寸：160mm×230mm
印　　张：10.5
字　　数：122 千字
出版时间：2014 年 3 月第 1 版
印刷时间：2025 年 1 月第 3 次印刷
组稿编辑：郭爱民
责任编辑：潘佳宁　　　　　　　　　责任校对：叶　子
封面设计：刘江旸　　　　　　　　　责任出版：唐敏志

ISBN 978-7-5517-0365-9　　　　　　定　　价：21.00 元

花季正宜读好书

——《名家解读中外文学名著书系》总序

　　读书是一件愉快的事儿，我们要高高兴兴地去读。东晋的陶渊明说："开卷有得，便欣然忘食。"（《与子俨等书》）南宋的胡仔在谈到读书时也说："盖其辞意典雅，读之者悦然。"（《苕溪渔隐丛话》）因此，林语堂先生把读书列为娱乐范畴。他说，读书是文明生活中人所共识的一种乐趣，极为无福消受这一乐趣的人所羡慕。他认为，读书不能首先树立一个什么崇高的目标，然后才硬着头皮去读，那样一切乐趣会完全失掉。但是在现实生活中，我们读书还是有正当需求的，这与乐趣并不矛盾。现在不少青少年似乎没有享受到读书的乐趣，他们往往把读书当成了苦差事。这当然有一个过程，读书是可由苦而乐的。

　　读书基本可以分成两大类：一类是生存阅读，一类是性情阅读。现在，生存阅读类的实用书很多，如应试、推销等的图书充斥书店。而不为功利或淡化功利色彩、属于性情阅读类的图书则较少。最近，教育部建议的中学生课外读物就基本属于性情阅读类图书。这些图书与应试教育的教辅读物大不相同。学生阅读这些名著不像读教辅读物那样仅仅为了应付考试，以求立竿见影地提高考试成绩；但是通过阅读大量中外文学名著，可以潜移默化地提高学生的语文素质和语文能力，并会陶冶情操，领悟做人的道理，对其一生的成长都具有重要意义。从这个意义上说，这些必读书与一般的性情阅读类图书又略有不同。它不是提倡青少年随意消遣式阅读，而是有选择、有目的地去阅读。开始时，虽然没有急功近利的目的，但读后却大有裨益。

要使读书真正成为一件乐事，就要选择自己喜欢的书去读。教育部建议的中学生课外读物，固然都是当读之书；但是选取的面还不够宽，某些书的内容也不免有些沉重。为此，我们遴选并编辑了这套《名家解读中外文学名著书系》，除了包括教育部建议的中学生课外阅读书目，又适当扩充，共30本。这样就为青少年选择自己喜欢的书，提供了更大的余地。青少年选择有趣的书去读，就会读出兴趣来。长期坚持下去，就会培养出自己的读书兴趣。兴趣渐浓，逐渐成"瘾"；一俟上"瘾"，即会变成自觉行动，不再当作苦差事。对此，鲁迅先生曾作妙喻，他说读书如打牌，"真打牌的人的目的并不在赢钱，而在有趣。……它妙在一张一张地摸起来，永远变化无穷。我想凡嗜好读书的，能够手不释卷的原因也就是这样。他在每一页每一页里，都得到深厚的趣味。自然，也可以扩大精神，增加智识的，但这些倒都不计及，一计及，便等于意在赢钱的赌徒了，这在赌徒之中也算下品。"（《鲁迅全集》第3卷第439页）

古今学者以愉悦为读书的基本标准，是一种诚实的态度。一本书，无论专家说它怎么好、如何重要，如果读后不能令我们愉悦，我们就不愿意读下去。不去读它，又怎能产生共鸣，获得知识和享受呢？特别是文学作品，其本身并无实用。只有读过，才能陶冶性情，使生活更加充实。因此，读书也是一种交流。书籍只有通过与读者交流，才能产生价值。

据调查，现在青少年离世界文学名著越来越远了。其原因主要有三：一是学业负担过重，出于功利目的，学生一般都拒绝与考试无关的阅读；二是现代文化多元化，学生往往选择电视、网络等轻松的方式作为课余的休闲；三是有些名著年代久远，因缺乏必要的解读，致使学生不易读懂。针对上述情况，我们在编写丛书时，要求作者至少做到"五化"，即将名著深层化、外展化、立体化、时代化和生活化。

——将名著深层化。要挖掘作品的深层含义，而不是简单地归纳作品的主题。本着形象大于思想的原则，从形象入手，分析作品的多重主题。既阐述作者的主观意图，又揭示作品的客观意义。

——将名著外展化。不要就作品论作品，而应适当地说开去。例如：有的名著，可写其创作的缘起故事；有的写读者的接受过程，或介绍某一名著对读者性格形成及其成长的影响等；有的可写不同读者对名著的不同感受，等等。

——将名著立体化。本"书系"对文学名著的展示不是平面的，而是立体的、全方位的。不仅从时间上横贯古今，而且在地域上沟通中外。为此，我们一是运用生动、形象的语言，给读者以形象感；二是着重对人物的个性分析，使人物形象化。

——将名著时代化。所谓时代化，主要指将名著作当代转化与深加工，挖掘其在今天的时代价值与历史意义。本"书系"要求既要说深说透，又要恰到好处，避免牵强附会地去寻找作品的所谓现实意义。

——将名著生活化。对名著的阐释要尽量贴近我们的生活，使读者感到名著就在身边，与我们的日常生活息息相关。例如：在评述作品的影响时，顺便指出从名著引出的成语和典故等；但是将名著生活化，并不等于将其庸俗化、琐碎化，而是要做到既有趣味，又有意义。

我们的愿望是好的，但要实现这些愿望并非易事。"暨乎成篇，半折心始"。因此，书中如有不当之处，恳请读者和同行专家不吝赐教，以便再版时改正。

勤学苦岁晚，读书趁年华。值此第 20 个"世界读书日"即将到来之际，我们祝愿中学生朋友在花季里，迎着朝阳，沐浴春风，愉快地读书，让自己的青春大放光彩！

《名家解读中外文学名著书系》编委会

2014 年 3 月

目 录

上篇　引言

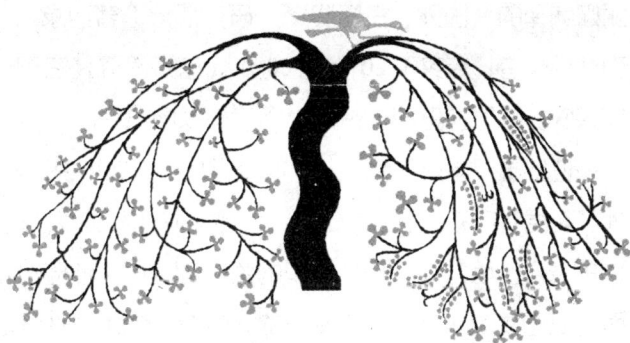

人世间一切美好的事物，无一不是创新的结果。距今六百多年前的文学巨匠罗贯中以其惊人的首创精神，推出了我国古代长篇历史演义小说的开山作——《三国演义》。它堪称是具有民族风格、民族气派的章回小说园林中的第一棵长青树，凭着它强大的生命力在我们民族精神天地里构建起一道永远抹不掉的亮丽景观。近代思想家梁启超是竭力宣传小说有着宝贵教育功能的人，他认为小说出神入化的移情作用既迅速、剧烈，又深远、持久，如磁力吸铁，有多大分量的磁，就能引多大分量的铁（《论小说与群治之关系》）。《三国演义》便是富有魔力的精神磁石，自它问世之后，差不多被整个民族代代相传、赏阅不衰，并且从未间断地利用时代所提供的新形式，或普及它的内容，或挖掘它的内蕴，使它在我们民族生活的每个角落和不同层次的群体之中落脚生根。它像艺术真金能经得住历史长河的千淘万漉，又似恒永的火镰，在文本与欣赏者的撞击过程中，不断地闪耀着思想的光彩。毋庸置疑，《三国演义》对促进我们民族性格的形成、激发民族精神的高扬，起着不容忽视的潜移默化的功效。非但如此，它也是"地球村"的一笔不可复制的思想财富。我们只要稍加浏览王丽娜编译的《国外〈三国演义〉研究部分论著目录》，即可感受到海外学者、专家于 20 世纪 80 年代前对研究《三国演义》的浓厚兴味。鲍昌的见闻又恰好说明了问题的另一面："出国访问时，一位德国汉学家对我说：'中国的几部古典小说早都译介到欧洲了。据我所知，《三国演义》和《水浒传》的读者比《红楼梦》的要多。因为《红楼梦》里的生活内容对欧洲读者比较陌生，而《三国演义》《水浒传》的人物情节都能抓住读者。'

……细一想来，国内的情况也是这样。在广大读者特别是工农群众当中，对《三国演义》《水浒传》熟悉的程度，终比《红楼梦》略胜一筹。"（江云、韩致中《三国外传》，上海文艺出版社1986年第1版，第13页）可见，《三国演义》作为精神食品以飨读者；它将拥有来自社会不同文化层次的广大读者，奇妙地诱发他们的胃口，化育他们的性情。而且不同的受者群从中吸纳的滋养亦各有差异，即使相同的接受者因时空的转换，对其精神营养的选择标准也会发生改变。撇开罗贯中创作小说、铸就艺术形象的因素不谈，就欣赏的视角而言，无论是中华民族子孙，还是他邦外域读者，都能产生"一千个读者会有一千个哈姆雷特"的审美效应。同时，因受到审美趣味共性的驱策，《三国演义》这部当之无愧的"真正不朽的艺术作品，当然是一切时代和一切民族所能共赏的"（黑格尔《美学》第1卷，商务印书馆，1979年）。它与恩格斯称颂的《浮士德》等诗作一样"是取之不尽的宝藏"（《马克思恩格斯论文艺》第4卷，第406页），有着"永久的魅力"。

　　《三国演义》所展示的创作经验，一直为后人效法。平心而论，它是人们公认的中国古代长篇章回小说尤其是历史演义作品的百世不祧之祖。当然，它的诞生非为罗贯中一人之力，而是凝聚着众多艺人的巧智和他们的实践创造工夫，经数个世纪的孕育，最后经罗氏天才的艺术加工，以崭新的文学形式在世间亮相了。

一、从史书到小说的漫长转化进程

  《三国演义》一问世，人们随后就认清了它的渊源。现存《三国演义》最早的版本是明代嘉靖本《三国志通俗演义》，其书首卷刻有"晋平阳侯陈寿史传"与"后学罗本贯中编次"这两行文字。卷前蒋大器的序文也指出了小说的素材是罗贯中"以平阳陈寿传考诸国史，自汉灵帝中平元年，终于晋太康元年之事，留心损益，目之曰《三国志通俗演义》。"二者皆强调小说脱胎于正史，在此基础上，继响者多有阐发。清代徐时栋的看法反映了旧时一般文人的见解。他认为："史事演义，惟罗贯中之《三国志》最佳。其人博极典籍，非特借《陈志》，'裴注'敷衍成文而已；往往正史及注，并无此语，而杂史小说乃遇见之，知其书中无来历者希矣。至其序次前后，变化生色，亦复高出稗官"（《烟屿楼笔记》第4卷）。足以说明，前人已经意识到了《三国演义》是史学与文学相互交融酿就的"产儿"。

（一）正史及其传注是《三国演义》的胚胎

  任何一部历史演义小说都与正史典籍有着天然的联系，只是疏密、详略的程度不同罢了。关于《三国演义》和历史的关系，民间很久就流传着"真三国，假封神"的说法。清代章学诚站在史学家的立场上，在《丙辰札记》中说了句为人普遍认同的话，

即"七分实事，三分虚构"。这所谓的"七实三虚"，指小说的基本轮廓是忠于历史的，描写的重大事件几乎皆查有实据。史实材料的来源，首属陈寿的《三国志》和裴松之为其所作的"注"。两者在收罗记载史实故事方面有着得天独厚的机缘。我们知道，三国两晋南北朝时期，中国古代史学的发展出现了新的飞跃，史家眼界大开，撰述多途，除了继承《汉书》传统著述皇朝史外，地方志、域外史、家族史、人物传、史论、史评等形式丰富多彩、硕果累累。据史书记载，陈寿《三国志》未成书之前，魏吴两国官修的王沈《魏书》，韦昭《吴书》均已出世，私撰的还有鱼豢的《魏略》和陈寿写的《益部耆旧传》十篇。陈寿曾任蜀汉的观阁令史，蜀亡入晋，历任著作郎、平阳侯相等职。他对当时可以收集的三国史料进行一番去伪存真、取精芟芜的筛选工作，到48岁时著成《三国志》六十五篇。似因其书立言有识，取材谨慎，叙事简明，文笔流畅而不枯燥，虽以魏主为帝纪，却能总揽三国全局史事，将蜀、吴二主传名而纪实，不仅使全书体例协调，更展示出鼎足而立的政治格局，此为正史撰述中的一大创新。难怪文学批评家刘勰对荀勖、张华把陈寿比之于司马迁、班固，视为"非妄誉也"（《文心雕龙·史传篇》）。

圄于个人生活的主客观条件，陈寿根本不可能一网打尽关于三国历史的遗存资料，所以魏晋南北朝之时，写成的三国史多达15种，只是今存仅有陈氏《三国志》罢了。陈氏身后对《三国演义》的编著产生一定影响的，依时序顺次说，有东晋习凿齿的《汉晋春秋》，它补充了《三国志》缺漏的一些资料，并改变其以魏为正统的做法而尊蜀汉。后来南宋朱熹作《通鉴纲目》，沿袭了习氏的提法，坚持以蜀汉为正统。《三国演义》"拥刘反曹"的思想倾向，应该说始萌于《汉晋春秋》。南朝宋的中书侍郎裴松之搜

辑史册 210 多种，从中引用书籍（包括单篇文章）凡 140 余种，为《三国志》作注，增广异闻，称得上是一位集三国故事的大成者。《四库全书总目》第四十五卷评裴的"注"云："传所有之事，详其委曲"，"传所无之事，补其缺佚"，"传所有之人，详其生平"，"传所无之人，附以同类"，"网罗繁富，凡六朝旧籍，今所不传者，尚一一见其厓略，又多首尾完具"。而指出其瑕疵是"往往嗜奇爱博，颇伤芜杂"，这对备用为小说创作素材来说，倒是有益无害的事情。

如果我们把《三国演义》与《三国志》及裴氏"注"两相参阅，便很容易地看出，前者采撷后者的材料而转化为小说内容的，比比皆是。试看《三国志·曹操传》叙述其年少为人："太祖少机警，有权数，而任侠放荡，不治行业，故世人未之奇也；惟梁国桥玄、南阳何颙异焉。"裴引无名氏《曹瞒传》所云："太祖少好飞鹰走狗，游荡无度，其叔父数言之于嵩。太祖患之，后逢叔父于路，乃阳败而㖞口，叔父怪而问其故，太祖曰：'卒中恶风。'叔父以告嵩。嵩惊愕，呼太祖，太祖口貌如故。嵩问曰：'叔父言汝中风，已差乎？'太祖曰：'初不中风，但失爱于叔父，故见罔耳。'嵩乃疑焉。自后叔父有所告，嵩终不复信，太祖于是益得肆意矣。"这里的太祖即为曹操，嵩就是他的父亲曹嵩，司马彪《读汉书》说嵩"质性敦慎"，看来这位老子对儿子的诓骗是只敦不慎了。《三国演义》第一回曹操刚露面，作者用个特写镜头揭示他狡诈的禀性："操幼时，好游猎，喜歌舞；有权谋，多机变。操有叔父，见操游荡无度，尝怒之，言于曹嵩。嵩责操。操忽心生一计：见叔父来，诈倒于地，作中风之状。叔父惊告嵩，嵩急视之，操故无恙。嵩曰：'叔言汝中风，今已愈乎？'操曰：'儿自来无此病；因失爱于叔父，故见罔耳。'嵩信其言。后叔父但言操过，

嵩并不听。因此，操得恣意放荡。时人有桥玄者，谓操曰：'天下将乱，非命世之才不能济。能安之者，其在君乎？'南阳何颙见操，言：'汉室将亡，安天下者，必此人也。'"类此，正史及其传注的记载几乎原样的移位，自然地糅入小说内容里的，所在多有，唾手可得。然而，小说素材源于史实，并非等同于史实，小说的情节内容更不是史书的移传和迁徙。这中间少不了对历史资料的艺术处理，或是抽取多种史书的材料加以整合。如《三国演义》揭穿曹操杀害杨修缘由的谜底，于第七十二回写曹操兵退斜谷前，以"扰乱军心"的罪名处死杨修之后，紧接着用不到八百字，提到六件事来暴露曹操的阴暗心理。小说内容的材料是出自《世说新语》、《后汉书·杨震传》、《三国志·曹操传》、裴注引《九州春秋》，由作者融会、整合，变成了小说中的精彩片段。有的将正史材料"张冠李戴"，或节外生枝、夸张虚构，为描写一段完整动人的故事情节和某个人物形象服务。如《三国演义》第五回写"关羽温酒斩华雄"的故事，实则是把《三国志·孙坚传》所载孙坚的英雄业绩，移至关羽的功劳簿上，以突出关羽的神威和曹操慧眼识好汉的卓见。小说第九十五回，又将《三国志·张郃传》记载的战败马谡夺取街亭的辉煌战果送给了司马懿，表现仲达与诸葛亮相颉颃的军事才能。像这种移花接木地运用史料的艺术手法，在《三国演义》里并不稀罕。至于借事生发，添枝加叶，凭史实骨架植皮贴肉的例证，同样俯拾即是。就总体而言，《三国演义》的创作依托正史用其传注的材料，加以调整、取舍、提炼与虚构补充，却在历史基本事实的框架内施展艺术腕力，使小说中的情节故事没有违背重大的史实和史评的主要倾向。作者笔下呈现的对象看似偶然和特殊的人与事，实际上有着历史普遍性、规律性的色彩。完全可以断言，正史及其传注是造就《三国

演义》的胚胎，而历史事实的真实和历史本质真实的辩证统一原则，是历史题材小说《三国演义》能跨进艺术殿堂的通行证。

（二）雅俗文学对《三国演义》的孕育

世代相承的各种形式的文学创作是孕育《三国演义》小说生命的孵化器。这里所说的各种形式的文学创作，主要指传统观念中的诗文一类的雅文学，及讲唱、话本和戏曲之类的俗文学。

小说作为叙事文学，它在中国走了一条与欧洲明显不同之路。根源在于中国神话没有走向文学，历史却成了它的归宿。与此关联，史传著作担负着上承神话、下启小说的使命，变为叙事文学的艺术宝库。史传本身蕴含着我国古代小说的编年体和纪传体的结构方式；蕴含着第三人称全知视角的客观叙述方式，以及处理好作者与文本、文本与读者关系的运思技巧。不了解史传同小说的这层缘分，就无法窥得我国古代小说的奥妙。因此，明清小说评论家总把史传与小说捆在一起评析。譬如金圣叹认为："《水浒传》方法，都从《史记》出来，却有许多胜似《史记》处。"（《读第五才子书法》）毛宗岗论《三国演义》："三国叙事之佳，直与《史记》仿佛，而其叙事之难，则有倍难于《史记》者。"（《读三国志法》）张竹坡评点《金瓶梅》时感受到："《金瓶梅》是一部《史记》……固知作《金瓶梅》者，必能做《史记》。"（《批评第一奇书金瓶梅·读法》）显然，在中国古代小说的"肚脐"上始终遗存着母体史传的印记。

联系我国文学发展的行程，于魏晋南北朝时期，恰是文学观念渐趋树立，文史一体的局面开始裂变，为双方分道扬镳准备条件。当此之际，广泛流传开来的三国故事就成了史学和文学的兼

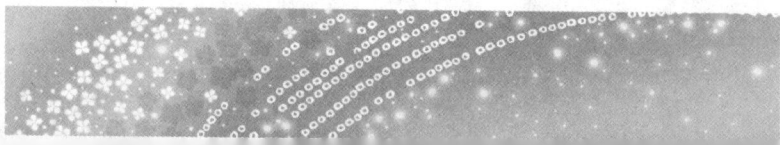

桃，有关三国的史书不乏浓厚的文学意味，如《三国志·诸葛恪传》竟载孙权等对少年诸葛恪调侃、戏谑而充满小说韵味的逸事趣谈。相反，被今人视作古小说的作品，彼时常以信史观之，就像裴松之注《三国志》引用较多的《世说新语》《博物志》诸书。而当时辑录大量三国故事的地方志、家族史、人物传等杂史杂传的书册，纯系文史裂变期的产物。《隋书·经籍志》没有把它们归为"街说巷语"的小说同列，但以为其中杂糅委巷之语、虚诞怪妄之说，"实虚莫辨"。

降至隋唐，三国故事逸出了史传的樊篱，在文学的艺苑中相继绽开出姿色纷呈的花朵。《大业拾遗记》中《水饰图经》所述，隋炀帝观看水上杂戏表演三国节目：曹操谯水击蛟、刘备檀溪跃马等共五出，说明三国故事流传的形式增加了新花样。唐代开元年间的佛教书籍叙述了"死诸葛吓走生仲达"的传说。刘知几《史通》第五卷"采撰"中"诸葛犹存"一目，指出"此皆得之于行路，传之于众口"，反映三国逸事口耳相传已是普遍的开心谈资。晚唐都市里讲说三国故事的受者群扩大了，讲说艺术提高了。李商隐曾写一首五言古诗《骄儿诗》，其中描述小孩子模仿心中熟悉的张飞、邓艾那种特出的样子，尽情地戏乐，"或谑张飞胡，或笑邓艾吃"。人们对诗句的"胡"字解释不一，说是指下巴颏底下吊着的肉，较为可信。《三国志平话》刻画张飞"生得豹头环眼，燕颔虎须"，《三国演义》保留了这种肖像描写，"燕颔"即为形容脖子长得很粗。可知小说中张飞肖像的特征在唐人讲说艺术里就有了模样。邓艾说话结巴，《世说新语》"邓艾"条云："邓艾口吃，语称艾艾，晋文王戏之曰：'卿云艾艾，定是几艾？'对曰：'凤兮凤兮，故是一凤。'"这段饶有兴味的对话，至迟到晚唐讲说艺人为了突出人物特点，趁时地派上了用场。

宋代市民娱乐活动比唐人要丰富、广泛得多了，表演三国故事的艺术种类繁多，有皮影戏、傀儡戏、院本、南戏等，而最火的还是说话艺术。孟元老《东京梦华录》第五卷"京瓦伎艺"条，记有"霍四究说三分"，证明讲说三国故事已经专业化了，而且出现了著名的表演家。涌现勾栏内的欣赏者，"不以风雨寒暑"，天天爆满。讲说内容也具有强烈的感情色彩和思想倾向，演技的魅力亦非昔日可比。苏轼《东坡志林》第一卷"涂巷小儿听说三国语"条，说他的朋友王彭讲过这样一件有趣的事：街道上那些顽皮淘气的孩子，家长们无计管教，只好给孩子点钱，叫他们到勾栏听讲三国故事。每听到刘备战败，个个皱眉蹙额，甚者伤心流泪；而曹操打了败仗，孩子们立刻欢欣雀跃，拍手称快。不难想见，宋人讲说三国故事的拥刘反曹思想，其感人力量委实不小。同样，有人观赏皮影戏看到关羽败走麦城，被东吴活捉后正要处斩之际，便痛哭央求表演者手下留情，赦免关羽。还有人看过三国戏，一时着迷，在返回家的路上模仿刘备的举止动作，没料到被人指控怀有当皇帝的野心，险些罹罪丢了性命。凡此种种，清楚地表明了唐宋数百年广大民间艺人利用通俗文学艺术形式，不断地丰富三国故事情节及其人物形象，增加美学意义。尽管他们尚未意识到所从事的艺术活动对催发历史题材小说产生的作用，但是他们对文学创作经验的积累，是从讲史艺术到小说写作之间，不可或缺的过渡与桥梁。

人们在探索《三国演义》成书过程，往往忽略以三国历史为题材的诗文类雅文学的作用，这是不公允的。我们姑且不论《三国演义》援引了相当数量的前人诗词，构成了小说内容不可分割的有机部分，而且使小说的审美效力增值，文化意蕴加厚。更为重要的是广大艺人进行通俗文学艺术的创作，必然要受到心理机

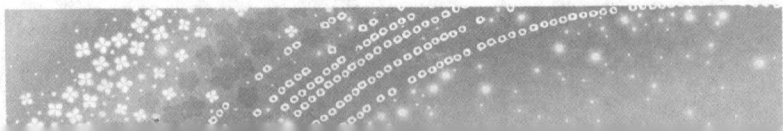

制的约束和影响。因为艺人进行创作需要摄录身外客观存在的素材，之后经过创作主体把集纳并贮存在头脑里的材料反复地加工、熔铸，才能创作出文学艺术作品。整个过程说来简单，却要遵循在三个层面中进行两次转化的复杂的创作规律，也就是将创作主体的身外材料内化为心理场的东西，变为艺术加工的原料，再须按照美的法则外化为作品的情节艺术形象。这里的三个层面、两次转化都是围绕着创作主体而言的。从身外的东西到进入心理场的原料，再生产出新的艺术品，三个层面接续为艺术创作的流水线，这中间全仰仗主体的观照和创造思维，而创作主体观照与思维活动的实现，自始至终都要价值判断和价值取向的参与，这是无人不晓的老生常谈。此处强调它的意图就在于说明，以三国史料为题材的诗文类雅文学的存在，对广大艺人价值观念的形成、价值取向的确立乃至心理结构的改善都有着不容漠视的影响。

我们不妨摘录几篇《〈三国演义〉资料汇编》中的资料，借以管窥，推知古代诗文对广大艺人思想意识、价值观念的浸润和滋补。如：

先主与武侯，相逢云雷际。感通君臣分，义激鱼水契。遗庙空萧然，英灵贯千岁。（岑参《先主武侯庙》）

丞相祠堂何处寻？锦官城外柏森森。映阶碧草自春色，隔叶黄鹂空好音。三顾频烦天下计，两朝开济老臣心。出师未捷身先死，长使英雄泪满襟。（杜甫《蜀相》）

诸葛大名垂宇宙，宗臣遗像肃清高。三分割据纡筹策，万古云霄一羽毛。伯仲之间见伊吕，指挥若定

失萧曹。运移汉祚终难复，志决身歼军务劳。（杜甫《咏怀古迹》）

魏主矜蛾眉，美人美于玉。高台无昼夜，歌舞竟未足。盛色如转圜，夕阳落深谷。仍令身殁后，尚纵平生欲。红粉泪纵横，调弦向空屋……（刘商《铜雀妓》）

昔在先主，思启疆宇。扰攘靡依，英雄无辅。爰得武侯，先定蜀土。道德城池，礼义干橹。煦物如春，化人如神。劳而不怨，用之有伦。柔服蛮落，铺敷渭滨，摄迹畏威，杂居怀仁。中原旰食，不测不可，以待可胜，允臻其极。天未悔祸，公命不果，汉祚其亡，将星中堕。反旗鸣鼓，犹走司马，死而可作，当小天下。尚父作周，阿衡作商。兼齐管、晏，总汉萧、张。易代而生，易地而理，遭遇丰约，亦皆然矣。（裴度《蜀丞相诸葛武侯祠堂碑铭并序》）

天下英雄气，千秋尚凛然。势分三足鼎，业复五铢钱。得相能开国，生儿不象贤。凄凉蜀故妓，来舞魏宫前。（刘禹锡《蜀先主庙》）

侯之名闻于天下后世，虽老农稚子，皆能道之。然皆谓侯英武善战，为万人敌耳：此不足以知侯也。方汉之将亡，曹孟德以奸雄之资，挟天子以据中原，虎视邻国，谓本初犹不足数，而况其下哉？独先主区区欲较其力，而与之抗，然屡战而数败矣。士于此时，怀去就之计者，得以择主而事之。苟不明于忠义大节，孰肯抗强助弱，去安而即危者？夫爵禄富贵，人之所甚欲也。视万钟犹一芥之轻，比千乘于匹夫之贱者，

岂有他哉？忠尽而义胜耳。侯以为曹公名为汉臣，实汉仇也。而先主固刘氏之宗种，侯尝受汉爵号矣，苟为择其所事，则当与曹乎？当与刘乎？曹刘之不敌，虽愚者知之。巴蜀数郡，以当天下之半，其成功不可待也，而侯岂以此少动其心哉……（《关帝志》卷三、郑咸《元祐重修庙记》）

入唐之后，以诗文褒贬三国人物、评价三国史实的甚多，有的直说、有的曲包。上面列举几篇犹舀江水于一勺，但都态度鲜明，爱憎之情充溢字里行间，很能打动读者。这样的诗文大量地在社会上流传，有力地推动了共识的形成，以及是非善恶标准的统一，并进一步演变为社会舆论与社会心理。试想，这对艺术的欣赏者和创作者的审美评价，能不产生强劲的导向作用吗？

事实上，到了元代，以三国历史为题材的文学艺术创作又有了新飞跃。至治年间（1321—1323年）刊行了《全相三国志平话》，全书约6万字，分上、中、下3卷，开篇有个"头回"，犹似后来章回小说"楔子"的前身，以司马仲相阴间断狱故事作为整个话本内容的引子。前半以张飞为主角，后半以诸葛亮为主角，组合情节、串联故事，结构布局大体完整紧凑。书中情节虽然依照历史顺序展开，但从"说话人"和接受者的审美趣味出发，打破史实的限制，表现了浓郁的民间文学色彩。作品以刘备集团为中心，把曹操集团安排在它的对立面上，描述蜀汉兴衰以及三国纷争和统一。其"拥刘反曹"的思想倾向和对明君贤相、清平政治的向往，直接影响着《三国演义》。就它的基本轮廓而言，则是迄今为止看到的最早将分散的三国故事连成一体的话本，已初具《三国演义》的情节框架和艺术造型。在中国小说史上不仅是三国

题材话本系统的最优秀的成果，而且对推进长篇章回小说的成熟，有着划时代的贡献。

诚然，《全相三国志平话》中不少情节荒诞，宣扬因果报应，把三国鼎立说成刘邦杀功臣的冤冤相报后果，将三国归晋认定为天公对司马仲相的酬劳，歪曲了历史发展的本质，有些背离史实太远又无补于作品的思想和艺术性的提高。如刘、关、张太行山落草，刘备从黄鹤楼私遁，刘渊灭晋立汉，等等，一概被罗贯中编写《三国演义》时删掉。

三国故事登上戏曲舞台是从金、南宋时起步的。陶宗仪《南村辍耕录》说金院本就有《赤壁鏖兵》《襄阳会》等6种剧目，宋元南戏《宦门子弟错立身》里提到了《关大王独赴单刀会》《刘先主跳檀溪》等南戏剧目。元代在民间文学土壤上生长起来的杂剧，迎来了中国戏曲的新纪元，它以优美新颖的艺术形式表现着三国故事深广而厚重的社会内容，赢得了人民群众普遍的喜爱。据《录鬼簿》、《录鬼簿续编》、《太和正音谱》、王国维《曲录》等书记载，杂剧中的三国戏大约60种，现存只有21种，三分之二的部分已逸失。如《刘关张桃园结义》《诸葛亮火烧博望屯》《关云长千里独行》《关大王单刀会》《虎牢关三战吕布》等，这些现在可以看到的剧本，与《诸葛亮赤壁鏖战》《关云长古城聚义》《斩蔡阳》《七星坛诸葛祭风》《诸葛亮军屯五丈原》等现已失掉的杂剧，均为罗贯中吸纳而成了《三国演义》的重要情节。杂剧里的三国戏对小说创作的影响是其他文学艺术样式所不可取代的，它在史传和长篇章回小说之间，构建起必经的桥梁。它利用了多种艺术手段调动人们视听互动的审美感受力，极大地提高了故事情节、人物形象的生动性和典型性、思想感情的真实性和深刻性、艺术技巧的完美性和独创性，加速了包括小说在内的悬

空文学的全面成熟。

　　《三国演义》继元杂剧之后，得其许多的浸润灌溉，小说一些具体情节内容皆是在杂剧基础上的生发和充实。《三国演义》第三十九回描写"博望坡军师初用兵"，表现诸葛亮初出茅庐，牛刀小试就把曹将夏侯惇的剽悍兵马烧得焦头烂额。查《三国志·先主传》乃说刘表派遣刘备扼守博望坡抵御夏侯惇、于禁等进犯，"先主设伏兵，一旦自烧屯伪遁，惇等追之，为伏兵所破"。其事与诸葛亮毫无关涉，《三国志平话》写有徐庶火烧曹仁于辛冶，诸葛亮在辛冶大破曹将夏侯惇等情节。可见，杂剧《诸葛亮火烧博望屯》是小说内容的依据，它不仅为诸葛亮大显身手张目，而且对于充实张飞的性格，展露其鲁莽粗豪又知过就改的戆直憨厚个性，也是至关重要的精当片段。关汉卿《关张双赴西蜀梦》写关羽、张飞死后，两个灵魂均向刘备托梦，请兄长为他们报仇雪恨。而《三国志》和《三国志平话》全无有关文字，属于关汉卿或依传说加工，或是自家独创。但《三国演义》第七十七回写了刘备梦境的奇遇："室中起一阵冷风，灯灭复明，抬头见一人立于灯下，玄德问曰：'汝何人，夤夜至吾内室？'其人不答。玄德疑怪，自起视之，乃是关公……关公泣告曰：'愿兄起兵，以雪弟恨！'言讫，冷风骤起，关公不见。玄德忽然惊觉，乃是一梦。"第八十五回又出现了关羽和张飞于刘备病榻前通报冥间消息："云长曰：'臣等非人，乃鬼也。上帝以臣二人平生不失信义，皆敕命为神。哥哥与兄弟聚会不远矣。'先主扯定大哭。忽然惊觉，二弟不见。即唤从人问之，时正三更。"小说承袭了杂剧托梦的故事，表明了刘、关、张三人超乎寻常的金兰友情，托梦特写强化了形象内涵的美学意义。类似的例证大量存在，无须饶舌絮叨。

　　总之，倘若没有在正史及其传注基础上引发、创造出来的三

国题材千姿百态的雅俗文学艺术，断乎不能诞生长篇历史小说《三国演义》。这就像禽卵未经过一定时日的孵化，它那混沌的蛋白和蛋黄永远不能成为破壳而出的禽雏，永远不能获得新生命。几个世纪以来不同层次广大艺人的辛勤创作，确为孕育《三国演义》的孵化器。

（三）艺术的深加工与创作素材的转化

长期积累起来林林总总的创作素材，只有经过作者在艺术上的深加工，才能产生质的飞跃，转化为长篇章回小说这种文学的新品种。因此说，罗贯中非凡的功绩则是他充分利用已有的历史小说创作素材，与完善我们民族喜闻乐见的小说新体制，似从百花采蜜，最终酿造成人类文化的精品《三国演义》。那么，罗贯中对创作素材深加工的业绩主要表现在何处呢？

首先，选材上罗贯中慧眼独具，非同于一般艺人和小说家。常言说，历史不是随意雕琢的大理石，选择历史题材进行文学创作，同样需要量体裁衣，认真思索和斟酌历史遗产能否足以支持唤起作者的应有想象，描绘出符合生活逻辑又有着很高审美效益的故事情节和人物形象。这方面罗贯中确实十分杰出，他选定三国历史题材来写作，从而避免了我国长篇历史小说开创者容易发生的悲剧。胡适在《中国章回小说考证·〈三国演义〉序》中曾作过如下分析：中国历史上有春秋战国、楚汉之争、三国、南北朝、隋唐之际、五代十国、宋金分立这七个分裂时代。其中"南北朝与南宋都是不同的民族分立的时期，心理上总有点'华夷'的观点，大家对于'北朝'的史事都不大注意，故南北朝不成演义的小说。而南宋时也只配做那偏于'攘夷'的小说，其余五个

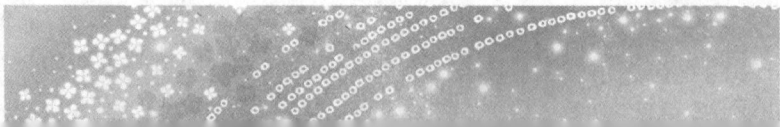

分立的时期都是演义小说的题目"。"但这五个分立时期之中，春秋战国的时代太古了，材料太少；况且头绪太纷繁，不容易做得满意。楚汉与隋唐又太短了，若不靠想象力来添材料，也不能做成热闹的故事。五代十国头绪也太繁，况且人才并不高明。故关于这些时代的小说都不能做好。只有三国时代，魏蜀吴的人才都可算是势均力敌的，陈寿、裴松之保存的材料也很不少；况且裴松之注《三国志》时，引了许多杂书的材料，很有小说的趣味。因此，这个时代遂成了演义家的绝好题目了。"历史演义小说的创作实践已经证明了胡适的话讲得太武断。但是，万事开头难，罗贯中的高明之处，是他率先从我国漫长历史所留下的浩如烟海的古籍史料及令人眼花缭乱的有关文艺作品中，抽取了最适宜加工、转化的素材，成功地开辟了历史演义小说创作的广阔之路。

其次，文学创作上的深加工不等于白手起家独自写作，而是改造现有作品，挖掘其美学潜质，使其在更高的层次上放射艺术之光，成为新的精神产品。罗贯中对《三国志平话》的结构动了大手术，改造成一部宏伟完整、严密精审的长篇历史小说，就是这种做法的体现。《三国志平话》以刘备集团为主线，按照时间顺序描述历史故事，跟随情节的推进，把人物和事件链锁式地组合在一起。全书三卷，每卷有23个题目，前33个题目的内容主要由张飞来穿线，后36个题目的范围则靠诸葛亮串联，其间凡是刘备集团的人物、事件大都浓墨详写，绘声绘色，而吴魏集团作为副线，间或展现几个颇有趣味的场景，有的则一略而过。书中所述东汉末年宦官误国、外戚擅权、董卓乱政以及后来曹、刘、孙三方势力崛起之际，曹操平定北方，孙权独霸江东，与三国末期司马懿剪除政敌，曹魏伐蜀，晋灭孙吴等情节一概从简。而《三国演义》里却是另一番面貌，用毛宗岗的解析法，整部小说的情

节脉络可细化为"三起三结"。其中写汉献帝皇位的倾覆过程"则以董卓废立为一起,以曹丕篡夺为一结";写魏国政权由产生到消亡的经过,"则以黄初改元为一起,而以司马受禅为一结";写东吴的兴衰"则以孙坚匿玺为一起,而以孙皓衔璧为一结"。(毛宗岗《读三国志法》)这三起三结的情节内容,从"平话"到《三国演义》均有重大变化。如此对小说以蜀汉为中心、以"三国"为主干,展示封建统治集团之间的政治、军事斗争,形成了一线贯通而摇曳多姿的脉络结构,是不能割舍的有机组成部分。

罗贯中对元杂剧里三国戏的深加工则因不同于"平话"的体裁,而采取了分别吸收有用的成分,糅进《三国演义》小说之中创造整合后的情节与形象。如《两军隔江斗智》凭着史书里的只言片语,虚构了周瑜为夺取荆州巧设美人计,最后落个"赔了夫人又折兵"的下场。小说发挥了杂剧合理想象的部分,突出了诸葛亮的智和周瑜的狭。《关大王单刀会》打破史实的框框,将出借索还荆州的事情系于鲁肃一人身上,让他暗定计谋,推进戏剧的矛盾冲突。小说基本接受了鲁肃定计的剧情,砍掉了盛赞关羽神威的乔公和极夸关羽业绩的司马徽这两个人物,只借阚泽向孙权的进言:"关云长乃世之虎将,非等闲可及",来与早已展示的关羽英雄形象相辉映。由于元杂剧特殊的文学形式所决定,每出戏剧只能集中刻画一位人物形象,重点表现其性格的某个侧面。所以,它被摄入小说之中绝不是简单地移位,而是当作艺术素材,在小说构思的通盘考虑下进行取舍增删,化为小说内容的新质。现存杂剧还有《虎牢关三战吕布》《关云长千里独行》《刘玄德独赴襄阳会》等,都与《三国演义》发生了这种联系。

最后,创作素材的深加工与其转化是同属于接受现成素材进行陶冶吸收,实现艺术生命更新的途径。但深加工重在形貌,转

化却旨在内质的变态。罗贯中对《三国志平话》深加工的地方，除已谈及的总体结构之外，还有"曹公赠云长袍""关云长千里独行""关羽斩蔡""张飞拒水断桥""鲁肃引孔明说周瑜""黄盖诈降""赤壁鏖兵"等，它们分别成了《三国演义》第二十六、二十七、二十八回"关云长挂印封金""美髯公千里走单骑""斩蔡阳兄弟释疑"，以及第四十二、四十四、四十六、四十九回"张翼德大闹长坂桥""孔明用智激周瑜""献密计黄盖受刑""三江口周瑜纵火"等情节的毛坯。至于转化《三国志平话》内容的事例亦唾手可得，例如《三国演义》中的貂蝉形象，是作者笔下的一位丰采动人、机智勇敢、嫉恶如仇又忠心报国的女中英杰。但在《三国平话》和杂剧《锦云堂美女连环记》中，却说貂蝉是与丈夫吕布失散而流落他乡的女郎，偶然的机遇为王允收留。她得知吕布在长安，出于夫妻团圆的考虑，为个人得失接受了王允的连环计，她的思想境界与平庸的世俗妇女没有什么两样。然而，在小说《三国演义》中她的身份变为王允的歌妓，是位心中怀天下、为人讲大义的除奸英雄。同是弱质红裙的模样，经过作者点化，灵魂升华，精神超越，艺术形象有了本质的转变。

罗贯中转化创作素材的维度是比较灵活的，有的着眼于人物的精神面貌，有的在事件性质上做文章，还有的慧心巧思改变环境场景或故事细节。比较《平话》与小说中的"刘备三顾茅庐"一段描写，便可看出转化前后的差异。追溯史实，与此事相关的记载是诸葛亮《出师表》的简要自叙："臣本布衣，躬耕于南阳……先帝不以臣卑鄙，猥自枉屈，三顾臣于草庐之中，咨臣以当世之事，由是感激，遂许先帝以驱驰。"随后《三国志·诸葛亮传》便有"由是先主遂诣亮，凡三往乃见"两句话。简单的史实在民间世代流布中横生枝叶、扬葩振藻，演变成富有故事性和传

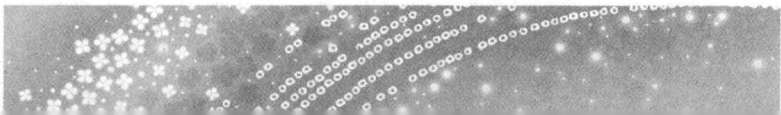

奇色彩的趣谈逸事。《三国志平话》的"三顾茅庐"即是说话艺人几经锤炼后的阶段性成果。到了罗贯中手里，"三顾茅庐"的描述又有了新飞跃，《三国演义》删掉了《平话》里对表现刘备性格无关紧要的文字，及对诸葛亮荒诞不经的无稽之谈。尤其是一改《平话》紧紧围绕刘备虔诚求贤、三访经过的叙述，而用侧笔取势，描绘了清新幽雅的卧龙岗环境，人杰地灵的风貌，役景造境，以映托诸葛亮旷世奇才的风神气度。凭此足能使我们认识到，没有罗贯中创造性地转化现存素材的深湛功力，《三国演义》的问世当是子虚乌有的事情。

（四）双重价值的奇迹

双重价值是指个人与社会价值两者的结合，是两种价值接轨后的共振效应。任何时代的文学家都不会例外，社会情绪和意识总是他思想的土壤。这异常肥沃的土壤包含着文学创作所必需的生命汁液，而文学家的产品不过是土壤上的花朵和果实。罗贯中在元末明初奉献给中华民族的这部长篇历史小说《三国演义》，无疑是一部垂诸后世而永不褪色的天才之作。然而，正如鲁迅所言："天才并不是自生自长在深林荒野里的怪物，是由可以使天才生长的民众产生、长育出来的，所以没有这种民众，就没有天才。"（《未有天才之前》，《鲁迅全集》第一卷）可以说，没有元末明初千百万民众演出的反压迫、反剥削，争取民族生存、民族解放的波澜壮阔的历史活剧，便没有人类文库中的瑰宝《三国演义》。

小说作者罗贯中是一位人们至今对其身世、际遇知之甚少的古代文学家。鲁迅先生在《中国小说史略》里摘引了郎瑛《七修类稿》、田汝成《西湖游览志余》、胡应麟《少室山房笔丛》、王

圻《续文献通考》、周亮工《因树屋书影》等书中的一些资料。这些书中关于罗贯中其人的说法不够统一，而且多是语焉不详，很难准确地把握罗贯中的基本情况。继踵者一直没有停止探索这个文学史上的疑窦，问题的眉目日渐清晰，逐渐取得了一定的共识。这些研究者提出看法的凭据，在朱一玄、刘毓忱的《三国演义资料汇编》中可以查知大概。如元明之交的贾仲名，其《录鬼簿续编》云：“罗贯中，太原人，号湖海散人。与人寡合，乐府隐语，极为清新。与余为忘年交，遭时多故，天各一方。至正甲辰复会，别来又六十余年，竟不知其所终。”贾仲名于《书录鬼簿后》自称“八十云水翁”，而此文写于明成祖永乐二十年（1422年），推知元代至正甲辰（1364年）时，贾应为22岁。用“忘年交”来猜测罗贯中的年龄，该比贾年长二三十岁左右。假设罗能年逾古稀，那么认为他和朱元璋（1328—1398）是同时代的人，则不无道理。联系欧阳健先生在《试论〈三国志通俗演义〉的成书年代》一文中，根据《赵宝峰文集》所附《门人祭宝峰先生文》提供的信息，推断罗贯中生年为1315—1318年，而卒年是1385—1388年，就更有理由相信罗贯中是元末明初的人。

明代王圻《稗史汇编》第一百零三卷《文史门·杂书类》“院本”条目下曰：“文至院本、说书，其变极矣。然非绝世轶材，自不妄作。如宗秀、罗贯中、国初葛可久，皆有志图王者，乃遇真主，而葛寄神医工，罗传神稗史。”这里评论罗贯中的话虽然不多，却透发出他的人生价值取向。一个人应该如何的活法，怎样去打发有限的时日，人的价值观会做出裁决。罗贯中“有志图王”可以做多种理解和释义，封建时代的读书人在仕途上大展宏图，甚至出将入相，实现济苍生、安社稷的胸襟伟抱者，不是绝无仅有的。“有志图王”宜做广泛的理解，既含有谋图帝王霸业

的一层意思，又包括渴望社会推行王道仁政的远大理想和政治抱负。这样的人生价值选择一旦确立，就会成为人之生命的灵魂，成为人朝着既定方向奋进、发展的内驱力。

清人徐渭仁在《徐钫所绘水浒一百单八将图题跋》中说："罗贯中客伪吴，欲讽士诚"。如果这是史实的话，正好说明了价值取向在罗贯中身上产生的动力。更何况元朝末年是一个风雷激荡的历史时期，遍地燃烧起反元斗争的烈火，农民武装斗争的势力日益壮大。元顺帝至正十五年（1355 年），罗贯中尚是一个血气方刚的壮夫，而刘福通继韩山童之后领导农民起义军，高举复宋政权的旗帜横扫中原。他取消元统治的年号，改元为龙凤元年；拥立韩山童之子韩林儿为小明王，改国号为宋。三年之后起义军攻占了北宋王朝的故都汴京，这是多么振奋人心的喜讯啊！在元人主中原240 余年之后，民族的感情第一次得到如此煽扬。义军的檄文高倡反元的宗旨："慨念生民，久陷于胡，倡义举兵，恢复中原。"（郑麟趾《高丽史》第 39 卷）义军的大旗特书斗争之目的："虎贲三千，直扫幽燕之地；龙飞九五，重开大宋之天。"（《辍耕录》）

历史已经把反对民族蹂躏，争得民族解放的重任交给了元末明初的一代人。为天下百姓谋求生路、寻求民族复兴的出路，是当时重要的社会价值。罗贯中怀抱的"有志图王"的英雄情结，应看作是个人与社会价值对接后的产物，而这种情结潜在的巨大能量也必定要释放出来。风云变幻的元末社会形势，不知要使仁人志士经受几番的震荡。至正二十七年（1367 年），朱元璋部下大将徐达攻占徐州，活捉张士诚。曾"客伪吴"且又和张士诚建立了一定关系的罗贯中，心理上遭受冲击的痕迹是难以磨灭的。他心志里"图王"夙愿不能成为现实，但并非意味着情绪的消融。

他转而用另一种方式释放着英雄情结蕴藏的能量，他把自己知道的、想到的、感受到的告诉世人，这便是在为社稷苍生垦殖和播种。由此使自己的一生变为有用的一生，纵然只能效绵薄之力，也照样让他热血沸腾。王圻说他遇到换称为真主的朱元璋，即把图王之志变为"传神稗史"之态。说穿了，这是通过文学创作剖白自己的理想追求。《三国演义》表现的军事、政治斗争的真知灼见，则是他心中图王方案的折射，是他执着感情的寄托。

相传罗贯中写过十七史演义，今天仍能看到的他的小说，只有《隋唐志传》《残唐五代史演义》《三遂平妖传》，也有人疑是伪作。《录鬼簿续编》还载他创作的三种杂剧《赵太祖龙虎风云会》《忠正孝子连环谏》《三平章死哭蜚虎子》，后两种杂剧已逸失，内容不得而知。现存小说、杂剧主要倾吐开基创业的历史话题，亦可视为他借文学作品写心的又一佐证。一言以蔽之，除开文学才能，是人生和社会的双重价值，为罗贯中的文学事业带来了世罕其匹的奇迹。

（五）小说版本之一瞥

《三国演义》的版本甚多，经研究者认真整理、鉴别之后，它的形态传承递变之迹大致清楚，可以简要勾勒如下。

第一，学者普遍认为今传最早的刊本是明嘉靖壬午年（1522年）所刊的大字本《三国志通俗演义》，简称"嘉靖本"。此刊本为二十四卷，二百四十则，每则前有七言一句的小目。卷首有弘治甲寅（1494年）庸愚子（蒋大器）《序》、嘉靖壬午修髯子（张尚德）《引》。这个版本现易见到的有两种影印本：一种是1929年上海商务印书馆影印本，因书中缺了张尚德《引》，所以

误称《明弘治本三国志通俗演义》；另一种是人民文学出版社影印本，分为线装本（1974年）和平装本（1975年）两种，一般认为人民文学出版社的底本是初刻本，商务本的底本是复刻本。

第二，较"嘉靖本"在卷数上有所变化的是明万历辛卯年（1591年）金陵周曰校刊本，书名为《新刻校正古本大字音释三国志通俗演义》，十二卷，二百四十则，简称"周曰校本"。此刊本在承袭"嘉靖本"时，曾增加了十一则故事。孙楷第在《中国通俗小说书目》第二卷"明清讲史部"中说：此本"修髯子引后，有字一行，云：'万历辛卯季冬吉望刻于万卷楼。'精图，左右有题句。记绘刻人姓名曰：'上元泉水王希尧写。''白下魏少峰刻'"。国内北京大学图书馆有藏本。

第三，明代万历年间出现了不少书名为"三国志传"的本子。如明闽书林刘龙田刊本《新刻全像大字通俗演义三国志传》，明万历壬辰年（1592年）余氏双峰堂刊本《新刻按鉴全相批评三国志传》等，统称"志传本"。需要提及的是"志传本"系统与"演义本"系统的小说不同之处，不仅一些情节、文字有出入，更主要是"志传本"系统的书内穿插着关羽次子关索（或花关索）一生的故事。究竟两个系统的刊本孰前孰后，目前学术界还有不同的看法。

第四，小说版本形态变化早而较著者，当推明建阳吴观明刊本《李卓吾先生批评三国志》。全书不分卷，将二百四十则合并为一百二十回，回目也由单句改变为双句。书内每回总评，时有"梁溪叶仲子谑曰"云云，叶仲子即叶昼，所谓"李卓吾评语"，实系叶昼伪托。此刊本简称"李卓吾评本"，或"伪李评本"。

第五，至清代康熙时毛纶、毛宗岗父子以"李卓吾评本"为基础，参考了"三国志传"本，对回目和正文进行了较大的修改、

《三国演义》全新解读

增删和润色，作了详细的评点，强化了正统的封建道德色彩，提高了艺术审美价值。全书六十卷，一百二十回，刊于康熙初年，简称"毛本"。从此成为三百年来最流行的《三国演义》版本。新中国成立后人民文学出版社整理本，即以毛本为基础。

本来"毛本"始称《三国志演义》，或称《四大奇书第一种》，只是在毛宗岗《读三国志法》行文中，偶用"三国演义"之名。明代个别刊本、清人个别笔记也有以此名称呼，都没有什么影响。自 20 世纪 50 年代人民文学出版社整理本称作《三国演义》之后，才开始为人们普遍接受。

二、沧海横流时代的全景图

随着东汉王朝在自身运作中积弊不断膨胀，时至桓、灵二帝，政治统治陷入了腐朽黑暗的怪圈而不能自拔。外戚与宦官鸡争鹅斗，彼此残杀，大肆卖官鬻爵，扩充自己一方的势力。挣扎在水深火热之中的天下劳苦大众，任其宰割，生计绝望，被迫铤而走险，终于爆发了"黄巾军大起义"。王朝统治急剧土崩瓦解，而各地大大小小的军阀纷纷乘机崛起，割据混战、逐鹿中原，中国社会开始了一个骇人听闻的动荡时代。

"沧海横流，方显出英雄本色"，以曹操为代表的地主阶级新势力，打败了士族官僚出身的袁绍、袁术，统一了北方。旋即挥师南下，却遭到了孙权、刘备的联合抵抗。曹操赤壁战败后龟缩中原，孙权固守江东，刘备占据西川：天下三分鼎足势成。公元220年曹操病死，其子曹丕废黜汉献帝建立魏国；翌年刘备建立蜀汉；第三年孙权改建年号，自称吴大帝。三国分立后，蜀汉疲敝，先是刘备伐吴战败病死，最终蜀汉政权被魏消灭。公元265年，司马炎以禅让方式篡夺曹魏帝祚，建立晋国。15年后，晋兵占领建业，全国归于统一。罗贯中"依史以演义"（李渔《三国志演义序》），鸟瞰这段历史的发展态势，多维向度、立体交叉式地描写魏、蜀、吴各封建政治集团之间军事、政治、外交等各种手段的斗争。笔姿灵动、虚实交错、恢宏壮阔，一幅腾跃奔涌、云谲波诡的三国时代的全景图，烂然夺目地呈现在读者面前。

这里就《三国演义》描写的百年中魏、蜀、吴盛衰兴亡的历史过程，拟划分四个阶段来概述全书的基本内容。第一阶段从开头至33回，始自黄巾起义，止于曹操平定北方；第二阶段为34至50回，集中叙述赤壁之战与继之而来的鼎足分立；第三阶段跨度较大，即51至115回，重点写蜀汉的事业；最后阶段是全书余下的5回，交代司马篡权，三国归晋。稍事展开，各段限内的情节筋骨可见。

（一）从皇权式微到曹操称霸中原

　　东汉灵帝当政，张让等十常侍专权，朝政腐败，生灵涂炭，张角三兄弟发动黄巾起义。汉室宗族中山靖王刘胜之后、已沦为贩屦织席为业的贫民刘备，与卖酒杀猪的屠夫张飞及逃难江湖的关羽，在桃园结义，发誓"上报国家、下安黎庶"，参与镇压黄巾军，论功授刘备安喜县尉。刘备到任后，与民秋毫无犯，民皆感化。时逢督邮巡县欲讨取贿赂，激怒张飞鞭笞督邮，刘备挂印而去。后随幽州牧刘虞征讨张举、张纯，因功被任命为平原县令。

　　灵帝死后，大将军何进扶立少帝，诏外兵入京，谋诛宦官。鳌乡侯、西凉刺史董卓趁机拥兵入京，废黜少帝，扶立献帝，独揽朝政。司徒王允与骁骑校尉曹操筹谋刺杀董卓，未果，曹操亡命奔陈留。牟县县令陈宫感激曹操替国除奸，忠义为人，毅然弃官，跟从曹操。两人至成皋投宿于操父结义弟兄吕伯奢家，误杀吕家男女八口。曹陈二人离开吕家路遇为他们购买酒食的吕伯奢，操竟砍杀伯奢，扬言："宁教我负天下人，休教天下人负我。"陈宫看透曹操是狼心之徒，悄然自投东郡。曹至陈留发矫诏，联合诸侯共讨董卓。刘、关、张加入联军，关羽温酒斩华雄，三英合

力战胜吕布。董卓逼献帝迁都，焚洛阳、屠万民、西走长安。曹操率兵追击，路遭伏击大败而归。诸侯各怀异心，联军瓦解、彼此攻伐。孙坚得玉玺返还江东，袁绍指使刘表截杀，孙坚复仇中箭丧命。

王司徒巧使连环计，把府中歌女貂蝉许嫁吕布，再献给董卓，离间二人。吕布反目杀死骄横暴虐的董卓。董卓部将李傕、郭汜作乱，王允被杀，李、郭专权残暴。马腾出于义愤起兵讨伐，战败退军。曹操击破青州黄巾军，占据兖州，广纳贤才，荀彧、荀攸、程昱、郭嘉、于禁、典韦等相继来投，声势大振，威镇山东。曹操因徐州刺史陶谦部下张闿杀害其父曹嵩，兴兵攻打徐州，所到之处乱杀无辜。刘备救援陶谦；吕布又趁兖州空虚，攻破城池，随据濮阳；曹操弃攻徐州撤军去复收兖州。陶谦三让徐州，刘备力辞，引兵驻扎小沛。曹操攻濮阳中计烧伤，便诈言身亡，使吕布上当受骗，折损兵马，双方罢兵休战。陶谦病死，百姓拥戴刘备领徐州牧。曹操攻破濮阳，吕布投奔徐州刘备处，被安置小沛屯驻。

李傕、郭汜横行无忌，目无君臣。太尉杨彪施用反间计，使李、郭相残，长安城中大乱。骑都尉杨奉和国戚董承护驾献帝还东都，李、郭又合伙追杀，凡路过之处杀害老弱，捕捉壮丁充军，扩充势力，尾追天子车驾不放，造成惨重伤亡。在危难中献帝逃回荒芜残破的洛阳，处境狼狈不堪。曹操采纳荀彧之谋抓住时机首倡义兵，打败李、郭，迎奉汉献帝移驾许都，营造宫室殿宇，立宗庙社稷，修城郭府库，封董承等为列侯。曹操自封为大将军、武平侯，以荀彧为侍中、尚书令，荀攸为军师，郭嘉为司马祭酒。曹操部下其余的文武随从都安排了官职，朝廷大务从此由曹操独断。曹操用荀彧"二虎竞食"之计，欲借刘备之手杀害吕布，阴

谋被识破；继纳荀彧的"驱虎吞狼"之谋，假天子诏令，命刘备讨伐袁术。吕布趁机袭取徐州，袁术约吕布夹攻刘备，吕布因袁术失信，听取陈宫之言，请刘备还屯小沛。

孙策欲继其父孙坚之业，与朱治、吕范商议决计以孙坚留下的传国玉玺为质，向袁术借兵杀回江东，先后夺得丹阳、吴郡、会稽等郡，称霸江东。袁术恨刘备犯己，派纪灵攻打刘备，吕布辕门射戟劝双方罢兵。因张飞抢夺吕布购买的马匹，招来吕布围攻小沛之祸，刘备采纳孙乾的主张，投奔了曹操，被举做豫州牧。曹操欲征伐吕布，忽闻张绣要兴师夺驾，便亲讨张绣。张绣从贾诩劝谏，举众来降曹操。张绣得知曹操调戏叔妻取乐，用计偷袭曹军，曹操损兵折将幸免于难。

袁术称帝淮南，分兵攻取徐州。吕布按陈登之策，击败袁军，袁术向孙策借兵欲报仇雪恨，遭策拒绝。曹操会合孙策、刘备、吕布共破袁术。久攻寿春不下，曹军乏粮，曹操借王垕头颅平息兵怨，遂攻取寿春。随后曹操再度讨伐张绣，各有胜负，探知袁绍兵犯许都，速撤军休战。袁绍见曹操回师，改变主意，向曹操借兵借粮，请助讨公孙瓒。曹操听郭嘉之说，答应袁绍之请，并约刘备同讨吕布。吕布刚愎无谋，为部下缚献曹操，终将缢死，却收张辽为己所用。曹操获胜班师回许昌，封赏出征人员，引刘备见献帝。献帝遂拜刘备为左将军、宜城亭侯，又以叔侄之礼待之，自此人称刘皇叔。曹操与献帝猎于许田，得意忘形，公然在围场上身迎呼贺"万岁"。献帝已看透曹操不轨之心，用伏皇后之父伏完的计谋，密赐衣带诏给国舅董承，董承暗与王子服、吴子兰、马腾、刘备等谋诛曹操。

刘备提防曹操谋害，每日于住处后园种菜，以为韬晦之计。曹操邀刘备煮酒论英雄，欲窥探其心底的秘密。刘备佯作糊涂，

逐称袁术、袁绍、刘表、刘璋等人是世间称许的英雄。曹操逐个否定，说："今天下英雄，惟使君与操耳！"刘备惊惧失箸，推说因闻雷声而畏恐，打消了曹操对他的猜疑和警戒之心。刘备趁机以截杀袁术为名，率兵离开许都，程昱、郭嘉劝说曹操不可纵虎归山。曹立派许褚尾追，刘备以"将在外，君命有所不受"为由，拒不返回，重新栖身徐州。袁术欲从淮南归依河北袁绍，过徐州被刘备打得大败，退居江亭吐血而死，传国玉玺为徐璆夺得，献给曹操。荀彧为曹操策划用徐州刺史车胄除掉刘备，陈登把机密告知关羽、张飞，设计杀死了车胄。

刘备用陈登计谋，请袁绍讨曹，解己之危。经绍部下文武官员商定，决议伐曹，遂命陈琳草檄。檄中历数曹操的罪恶，檄文传到曹操手中，他正患头风病，卧养在床上，读过之后毛骨悚然，出了一身冷汗，不觉头风病顿愈。曹操自引兵至黎阳和袁军相持不战，一面派王忠、刘岱引军 5 万，打着丞相旗号虚张声势讨伐刘备。结果王、刘二人被生擒，刘备饶了两人性命放回许都。曹操派刘晔劝张绣归降成功后，欲遣祢衡去刘表处劝降，祢衡面对曹操尽情奚落其文臣武将。曹操强制将祢衡送往荆州去劝降刘表，表知借他手杀人，令祢衡去江夏见黄祖，黄祖怒其辱他为土木偶人，遂斩之。

董承见曹操骄横日甚，忧愤成疾，太医吉平到董府用药调治，两人密谋诛杀曹操，不幸家奴告密，董承等人惨遭满门抄斩。曹操为斩草除根就连有"五月身孕"的董妃也不放过。然后派二十万大军，分兵五路亲征徐州。刘备大败，匹马投奔袁绍。曹操用程昱之谋将关羽引出下邳，围困土山之上，张辽上山劝降，关羽与之约三事："只降汉帝，不降曹操"，"二嫂处请给皇叔俸禄养赡"，"但知刘皇叔去向，不管千里万里，便当辞去"。以此作前

提暂归曹操。袁绍遣颜良讨伐曹操，连斩曹军二将，曹操让关羽出战刺颜良于马下。袁绍又派文丑来讨曹操，亦被关羽斩首。关羽得知刘备栖身袁绍处，即挂印封金，保护二嫂过五关、斩六将，不惮千里之遥前来古城，欲和兄弟重新聚会。不料张飞误认二哥背信弃义，拒不准入城。正好蔡阳为外甥秦琪报仇，特来追杀关羽，蔡阳为关羽斩后张飞方释疑，兄弟情义如初。关羽到河北探听刘备消息，刘备从袁绍处脱身，与关羽重逢，关羽并收义子关平。在回古城途中经卧牛山遇到赵云，感慨油然，各叙衷情。

孙策自霸江东，偶猎于丹徒，西山遇刺，重伤致死。其弟孙权继位，由张昭、周瑜分别辅佐内外之事。周瑜向孙权举荐鲁肃，鲁肃建议乘北方纷争之际，剿黄祖、伐刘表，鼎足江东，以图天下。孙权大为赞同，又将鲁肃引荐的诸葛瑾拜为上宾，听其顺从曹操、暂绝袁绍之谋。自此孙权威震江东，深得民心。

袁绍得知曹操封孙权为将军，结为外应，十分震怒，举人马七十余万前来攻取许昌。曹操亲自率兵相拒于官渡，于是展开了惊心动魄的官渡之战。战役初期两军相持，各有胜负。袁绍谋士许攸获悉曹军乏粮的实情，力谏袁绍调整战术，分出一军直捣许昌，袁绍不纳良策反斥为"滥行匹夫"。许攸投奔曹操，进献火烧袁军乌巢粮草辎重之策。曹操当机立断，夜袭乌巢，大败袁军。不久袁绍死后诸子纷争，曹操个个击破，平定北方。

（二）孙刘联盟拒曹势成三分天下

刘备在官渡之战期间，于汝南得刘辟、龚都数万之众，趁曹军征河北，亲自引兵攻取许昌。曹操闻讯自领大军迎战，结果刘备败北，奔荆州依附刘表，屯驻新野。刘表后妻蔡氏与蔡瑁阴谋

利用襄阳大会众官之机杀害刘备，幸得荆州幕宾伊籍透露消息，急乘的卢马跃过檀溪，化险为夷。脱险路中，刘备过访司马徽，受其"伏龙、凤雏得一人可安天下"的指点。随后收徐庶拜为军师，击破曹仁、李典的进犯，轻取樊城之地。曹操获悉徐庶辅佐刘备，囚禁徐母，仿造徐母字体伪造唤子归来的家书。徐庶因至孝忧母而上当，不得已辞别刘备，分手时举荐诸葛亮。刘备求贤若渴三顾茅庐，礼聘诸葛亮。出于感激刘备诚意和匡救天下之志，诸葛亮隆中献策，提出了先取荆州为家，后取西川建基业，促成与曹操、孙权鼎足而三的战略方针，并且出山辅助刘备创建功业。

曹操命夏侯惇为都督领十万大军进攻新野，诸葛亮施展妙计，博望一把火，烧得曹军狼狈不堪，刘备旗开得胜。曹操愈加认为刘备、孙权是心腹之患，下令起五十万大军，分五队进发，欲扫平江南。孔融谏言不听，且因其叹"以至不仁伐至仁，安得不败"，而被满门抄斩。时逢刘表病故，蔡夫人与蔡瑁、张允等仿造遗嘱，令次子刘琮为荆州之主，把荆襄九郡拱手献与曹操。曹军迅速杀奔新野，诸葛亮采用火烧水淹的战术，曹军大半焦头烂额，溃不成军。曹操得知吃败仗的消息，怒不可遏，令大军分作八路，一齐去取樊城。刘备带着百姓欲渡江到襄阳避难，蔡瑁等拒不开城门。刘备只好引导十余万军民朝江陵行进，每日只能走十余里，曹操占领襄阳、杀掉刘琮之后，派铁骑星夜追赶，至当阳县撵上刘备。曹军右冲左突，刘备军民散乱，赵云单骑奋不顾身救出阿斗。张飞立马长坂桥上吓退曹军，刘备收拾残兵退至江夏刘琦处。

曹操为粉碎刘备与孙权联合，用荀攸之言，发檄遣使赴东吴，请孙权会猎于江夏，欲共擒刘备。同时集结马步水军八十三万，诈称百万，水陆并进，沿江东下。孙权此时屯兵柴桑，闻知刘表新亡，刘备败退，特派鲁肃往江夏吊丧，借以探听虚实。诸葛亮

窥知鲁肃心理，答应同鲁肃前往柴桑，欲和孙权结盟共拒曹军。当时孙权接到曹操檄文，是战是降举棋不定。以张昭为首的众多谋士力主降曹，以顺应天意，唯鲁肃持相反意见，劝说孙权早定抗曹大计。孙权急召来吴的诸葛亮以了解曹军实况。诸葛亮未及见孙权，便先与其幕下文武官员接触，于是发生了一场舌战群儒的千古美谈。正当诸葛亮驳得群儒个个瞠目结舌、尽皆失色的时候，黄盖、鲁肃引诸葛亮来见孙权。亮开始以智激权，令权勃然大怒，经鲁肃点明亮有破曹之策，才回嗔作喜，重新倾听亮的高见。但张昭等主降者再三申述抗曹之弊，孙权仍是犹豫不决。诸葛亮洞悉东吴都督周瑜尚未下定抗曹决心，故意用把江东二乔美女奉送给曹操以求退兵的主意，来激怒周瑜。孙权再议战降的决策，周瑜慨然陈说利害，孙权遂决计抗曹，封瑜为大都督、程普为副都督，鲁肃为赞军校尉。周瑜立即部署作战方案，调兵遣将动止有法，就连不甘心官居其下的程普老将，也惊叹不已。

周瑜借糜竺往东吴探访诸葛亮处境的时机，邀与刘备会晤，想以此除掉东吴未来的对手。不料，关羽随行不离刘备左右，周瑜阴谋不能得逞。告辞周瑜，刘备于江边舟中见到诸葛亮，亮嘱咐他以十一月二十甲子日后为期，让赵云驾小舟来南岸江边等候。曹操向周瑜下战书，周瑜怒斩来使，双方水军大战于三江口，曹军败逃。曹操一面令蔡瑁、张允督练水军，一面派蒋干去江东劝降。周瑜巧用蒋干游说之机，精心设置疑阵，引诱蒋干盗走伪造的书信，令曹操误杀水军都督蔡瑁、张允。事发后，周瑜叫鲁肃来见诸葛亮，想知道亮是否看穿了他所施展的妙计。当周瑜听鲁肃说亮无所不知后，便与亮立下军令状，限三日之内监造十万支箭，因而诸葛亮创建了草船借箭的神奇功绩。

曹操白白折了十五万多支箭，深知江东有周瑜、诸葛亮用计，

名家解读中外文学名著书系

想以诈降用奸细内应，来通消息。就差蔡瑁族弟蔡中、蔡和去东吴投靠。周瑜识破了曹操的伎俩，将计就计，夜间和黄盖密谋火攻破曹的计划，施苦肉计让蔡中、蔡和暗报其事，如此阚泽得以潜入曹营替盖密献诈降书，瞒过曹操。阚泽自曹营返回东吴到甘宁寨里，在蔡中、蔡和面前与甘宁皆表白背吴投曹的心愿。二蔡以假当真，即时密报曹操，说"甘宁与某同为内应"。曹操为摸清甘宁、黄盖、阚泽等欲做内应的真假底细，又遣蒋干来吴刺探。周瑜正为无法让庞统过江献"连环计"以实现火攻战术而苦恼，再次诱蒋干上当，把庞统乘夜带到曹营，顺利完成了用计的构想。

曹操以为渡江南下的军事部署有了眉目，月夜之下，置酒设乐于大船之上，与随从的文武官员共赏大江月夜景色、畅想未来的美事。曹操不禁诗兴大发，高唱即兴之作《短歌行》。扬州刺史刘馥进言，认为诗中有不吉利之语，曹操立刻杀死刘馥。曹操视察江上军务，派小股轻舟来吴军水寨前示威，吴军出击得胜。周瑜在山顶观战，看见风舞旌旗，顿触心事，大叫一声昏倒在地。诸葛亮特来探病，点出病根，由此引发了借东风的传奇描写。曹操仍蒙在鼓里，踌躇满志，骄傲轻敌。黄盖带着载有芦苇干柴、鱼油、硫黄、焰硝的火船，射倒来江心阻船北驶的文聘。距曹寨二里，前船一齐发火，风助火势，船如箭发，黄盖火船撞入曹寨，曹军战船被铁环锁住不得逃脱，江面上立刻成了火海。东吴各路兵马四下接应，打得曹军七零八落。

诸葛亮"借来东风"便急速地乘上赵云接应的轻舟，向夏口飞驰。丁奉、徐盛依着周瑜的指令分旱水两路追杀，早已无济于事了。诸葛亮回到夏口立刻布置各路兵马，准备好了截杀撤逃的曹军。

曹操在张辽等部将护卫之下，领着残兵接连不断地遭到孙、

刘两家伏军的截击。逃至华容道曹军人困马乏，疲癃伤残不堪入目，又遇雨天坑堑积水，道路泥陷难行。曹操喝令人马践踏而行，竟有三分之一的人马填了沟壑。逃过险峻，检点人马只有三百余骑。关羽为首的五百校刀手截住去路，曹操乞哀，张辽说情，关羽心念旧恩，长叹一声放过曹军人马。

（三）政治集团明争暗斗的社会画卷

　　赤壁大战过后，周瑜紧接发兵攻打南郡，与守将曹仁几经较量，不分胜负。曹仁采用曹操留下的计谋，引诱周瑜抢占南郡，结果周瑜受骗身中毒箭。周瑜借箭伤佯死，勾引曹仁劫寨，而曹仁只留少数军士守城，全力攻夺周瑜大寨。诸葛亮趁着孙、曹两军相互杀伐之际，派赵云轻取南郡，调张飞占领了荆州，遣关羽袭得襄阳。周瑜闻讯气得金疮迸裂，半晌方苏。刘备在荆州招致地方名士马良兄弟，听其建议先后收取了零陵、武陵、桂阳、长沙四郡。长沙一战又收得黄忠、魏延二将。自此，刘备广积钱粮以固根本。

　　孙权攻取合肥，与守将张辽大小十余战而未决胜负，待程普增援兵至，仍一筹莫展，且丧太史慈一员大将，只好罢兵撤回南徐。鲁肃两次来讨还荆州，都被诸葛亮推托过去。于是，周瑜利用甘夫人新亡的机会，拟将孙权之妹许配给刘备，招其入赘以幽囚狱中，即可用刘备换回荆州。诸葛亮明知东吴招婿是个大阴谋，却定下三条计策唤赵云伴刘备同行，以促假成真，最后完婚返回荆州。周瑜枉费心机，金疮再度迸裂，又昏厥栽倒。鲁肃奉孙权之命继续索荆州而成泡影，周瑜便用虚收四川、实取荆州的诈术，来实现自己的目的。诸葛亮粉碎了周瑜的如意算盘，一连三气之

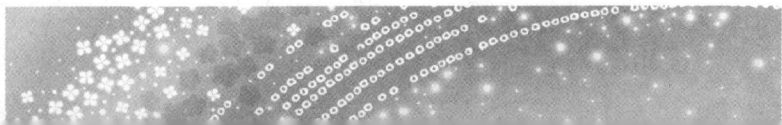

后，周瑜愤愧而亡。诸葛亮亲到柴桑为周瑜吊丧，巧遇庞统劝他投奔荆州，共扶刘备。

曹操想消灭征西将军马腾的势力，接受荀攸的主张，下诏加封为征南将军，诱之进京铲除其人。马腾也在寻找杀掉曹操的机会，因带着次子马休、马铁和侄子马岱来到许昌。门下侍郎黄奎和马腾密谋杀曹之事，却走露了风声，马腾父子遇害，马岱幸免于难。马超惊闻噩耗，与镇西将军韩遂起兵复仇，取长安、下潼关，所向披靡。曹操率众迎战，被打得弃袍割须，丧魂失魄。曹操料想以力难胜，施用反间计致使马超、韩遂自相火并。曹操乱中取利，大败马超。

汉中张鲁得知马超新败，因此想用占取西川为根本，然后集中兵力抵御曹操的方略。益州牧刘璋获悉张鲁准备兴兵袭川，慌恐不宁，赞同张松的主意去许都游说曹操攻打汉中，以解西川之危。张松到了许都遭到曹操的侮慢，遂转道往见刘备。先由赵云远迎于前，继有刘备礼贤于后，张松感佩奉献西川地图，劝说刘备"先取西川为基，然后北图汉中，收取中原，匡正天朝"。张松回益州建议刘璋迎刘备入川为援，使张鲁、曹操不敢轻举妄动。刘璋对此表示认同，亲临涪城迎接刘备与庞统率领入川的队伍。张松密致书信于法正，要他与庞统说服刘备，借涪城和刘璋相会，趁时杀之。刘备执意不肯与同宗兄弟绝情，带着兵马屯驻葭萌关，拒张鲁、施恩惠、收民心。

孙权听从张昭的策划，欲推说国太病危，想见亲女，要妹妹带阿斗回东吴探母，进而可迫使刘备拿荆州来换阿斗。孙权密遣周善去荆州依计而行，幸亏赵云于船上夺回阿斗。孙权见妹妹归来而周善被杀，召集文武官员商议攻荆州报仇。忽得曹操来犯的军情，则放下了攻荆州的打算。曹操要接受魏公的爵位，加"九

锡"以彰功德，荀彧表示反对。曹操就以亲笔封记的空食盒，示意他自尽。曹军攻打孙权至濡须，数战不利，自引大军回许昌。刘备遵从庞统的主见，向刘璋索取精兵、军粮；刘璋心存芥蒂，以弱兵、少粮敷衍。刘备愤怒提兵夺得涪城，进取雒城，不幸庞统在落凤坡中箭身亡，刘备军队受挫退守涪城，派关平往荆州请诸葛亮急来助战。诸葛亮起程时再三告诫留守荆州的关羽，要他牢记"北拒曹操，东和孙权"八字，方可保守荆州。

诸葛亮令张飞取大路进军，命赵云溯江而上，会于雒城。张飞前至巴郡，蜀中名将严颜坚守城池，挡住去路。张飞施计活捉严颜，并以恩义感化，严颜投降后为张飞开路，守军望风归顺。诸葛亮带领的两路增援部队先后与刘备会合，攻下雒城，直奔绵竹。刘璋于危难之中向张鲁借兵，已投降张鲁的马超主动请缨，于是张鲁派他直捣葭萌关。刘备攻占绵竹后调遣张飞会战马超，两员虎将昼夜酣战不分胜负，诸葛亮从绵竹赶来，用计使马超归服。刘备回师兵临成都，刘璋出降，刘备自领益州牧，授刘璋振威将军使居公安。刘备大加赏赐文武官员，赵云进言，当以百姓安居复业为务，刘备纳其谏。法正与诸葛亮讨论治国条例，亮强调"恩荣并济，上下有节"的为治之道，法正拜服。

孙权面对刘备并吞西川，占据巴蜀四十一州的新形势，派遣诸葛瑾索还荆州，刘备答应分荆州一半，先还三郡。孙权遣官往三郡赴任，皆为关羽驱逐回吴。鲁肃派使者邀请关羽赴陆口宴会，欲软硬兼施索回荆州。关羽单刀赴会，挟制鲁肃，得以平安脱身。孙权得知鲁肃之计又成泡影，商议欲起倾国之兵夺取荆州。忽传曹操拟举兵南下，只得移兵拒曹。曹操因傅干上书劝谏遂罢南征，而王粲等文士议尊曹操为魏王，中书令荀攸以为不可，曹操怒斥欲效荀彧，攸忧愤而卒。献帝与伏后见曹操跋扈日甚，愈感惶恐

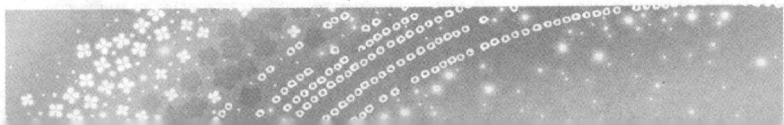

不安。伏后密书寄其父，让他设法除奸，事露后曹操斩伏氏宗族等二百余口。

曹操采纳夏侯惇提出的发兵取汉中，胜而后攻蜀的主张，分兵三路向汉中扑来，张鲁兵败归降。主簿司马懿进言，要在刘备以诈取川而人心未服的时候，趁机速攻。曹操以士卒远征劳苦为由，按兵不动。刘备惧曹进军西川，令伊籍入吴，将交割江夏等三郡之地的消息报知孙权，并请东吴起兵袭击合肥。孙权认为，曹操远在汉中，用兵合肥有利可图，立即渡江取和州，下皖城，却被张辽击败于逍遥津。曹操率大军救援合肥，孙权为挫其锐气，命甘宁率百骑夜袭曹营，竟然没损一人一骑。两军相持月余，因曹操势大东吴求和，曹亦班师回许昌。众官议立曹操为魏王，尚书崔琰极力反对，被杖杀在狱中。随后，曹操接受献帝册立的魏王爵位，盖王宫、立世子，大宴郡官。侍中少府耿纪与司直韦晃，秘密串联三位志在诛杀国贼曹操的人，于元宵节夜在许昌放火，以实现讨贼的夙愿。事败后夏侯惇尽杀讨贼五人的宗族，曹操用诡计杀害了百官中的被怀疑者。

奉曹操之令曹洪领兵来到汉中，张郃与曹洪立了文状，进击巴西郡与张飞激战，三万军折了两万，最后失掉瓦口关逃回南郑。张郃又来犯葭萌关，老将黄忠、严颜以骄兵之计大败张郃，夺取天荡山。法正劝说刘备应一鼓作气进取汉中。刘备亲率十万大军出葭萌关下营；曹操亦领兵亲征，屯驻南郑。夏侯渊听从曹操之令，自定军山主动出击黄忠，法正叫黄忠以"反客为主"的战术，阵斩夏侯渊，攻占了定军山。曹操深恨黄忠，亲统二十万大军来为夏侯渊报仇，屡战屡败，失南郑、弃阳平，退守斜谷身受箭伤，折却两个门牙，晓夜奔逃直至京兆。刘备大赏三军，进位汉中王，以诸葛亮为军师，封关羽、张飞、赵云、马超、黄忠为五虎上将。

曹操闻知刘备自立汉中王甚怒，听司马懿的建议与东吴联手，首尾夹攻荆州。关羽奉刘备之命进击曹军，取襄阳、围樊城，军威大振。曹操急令于禁为征南将军，庞德为先锋，带领七军驰援樊城。庞德抬木棺与关羽决战，放冷箭中关羽右臂。时值秋雨连绵，于禁七军屯聚罾口川地势险隘且低之处，关羽夜放襄江洪流，水淹七军，逼降于禁，缚送荆州大牢，活捉庞德因其不屈而斩。关羽围打樊城右臂中一弩箭，华佗闻此远道奔来，为关羽刮骨疗毒。关羽据荆襄之地威骇华夏，曹操欲迁都以避关羽，司马懿陈述割江南之地以封孙权，令其发兵掣关羽之后，樊城之围可解的主张，曹操依允司马氏的建白。孙权采用了吕蒙、陆逊的计谋，送礼卑辞麻痹关羽，乘其不备袭取荆州。曹操遣徐晃急战关羽以解樊城之困，沔水大战关羽接连败退，公安、南郡两地守将又相继降吴。关羽率领余部来攻荆州，而家居荆州的将士多有逃散，进路又遇吴兵多重截杀，关羽败走麦城。廖化到上庸求派援兵，孟达、刘封坐视不救，麦城兵马只是三百有余而粮草又尽，越城逃逸者难禁。关羽与关平、赵累引残卒二百余人夜间沿小路向西川逃奔，陷入吴兵埋伏圈内，赵累战死，关羽父子被俘，不屈而死。

　　东吴为结交曹操，消除西蜀倾兵进犯的隐患，派人把关羽头颅送给曹操。司马懿揭露这是东吴的移祸之计，因而以王侯之礼厚葬。曹操头疼病发作，痛不可忍而唤来华佗。华佗提出开颅治疗，曹操疑心有意杀害他，使华佗无辜死于狱中。东吴在曹操病势日重期间，遣使上书劝曹操称帝"早正大位"，操认为孙权"欲使吾居炉火上"，但却封孙权官爵令拒刘备。曹操死后，其子曹丕继魏王位，仅过 7 个多月就逼汉献帝禅让，改国号为魏。又过 8 个月，刘备称帝以继汉统，立刘禅为太子，封诸葛亮为丞相。

刘备登帝位的第二天就下诏书，欲起倾国之兵伐吴，为关羽报仇。赵云、诸葛亮等苦谏不听，学士秦宓诤谏竟被打入死牢。

张飞闻关羽被害旦夕号泣，催促刘备伐吴雪恨。他令三日内赶制白旗白甲，要三军挂孝征战，鞭打请求延期制作旗甲的范疆、张达，导致两人刺死张飞投吴。刘备统精兵七十余万水陆并进杀奔东吴，孙权派诸葛瑾求和，表示愿意送归夫人，缚还降将，交还荆州，永结盟好，共灭曹丕，刘备愤怒地予以回绝。孙权又派赵咨向曹丕上表，使袭汉中。曹丕册封孙权为吴王，加九锡。东吴令孙桓、朱然迎战刘备，张苞、关兴小将出击，蜀兵首战告捷。孙权再令韩当、周泰领兵十万阻遏攻势。黄忠因刘备感叹"昔日诸将老迈无用"而心境不平，奋然冲锋中箭身亡，刘备追悔莫及。蜀兵八路并进，势如泉涌，吴军损兵折将一败涂地。

孙权听步骘之言绑缚范疆、张达，连同张飞首级一起遣使送还，并要交与荆州，送归夫人，上表求和。刘备仍然愤怒不已，非但拒绝东吴请求，还要杀掉来使解恨。孙权用阚泽举荐的陆逊为大都督，令掌六郡八十一州兼荆楚诸路军马，全力破敌保吴。陆逊改变先前孙桓、韩当的战术，牢守关防、隘口，避其锋锐静观蜀军之变。当陆逊探知蜀兵树栅连营、纵横七百余里，分四十余屯、皆傍山林下寨的军情之后，抓住战机全军出动，各带火种、兵器、干粮，顺风烧营、昼夜追袭，蜀军全线崩溃。刘备死里逃生败走白帝城，孙夫人听到了刘备丧命军中的讹传，西望遥哭投江自尽。刘备感愧并致、忧痛交攻，病倒白帝城永安宫内，弥留之际托孤于诸葛亮。刘备病死，太子刘禅即皇帝位。

曹丕得到刘备死讯，听取了司马懿的进言，调动一切兵力，由辽西羌兵取西平关，用南蛮孟获击西川之南，请孙权起兵攻两川峡口，差降将孟达起上庸人马袭汉中，命大将军曹真径出阳平

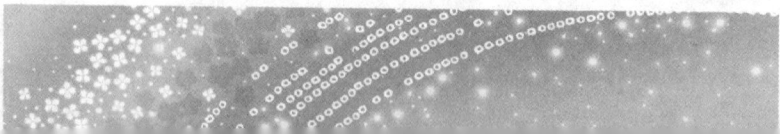

关扫荡西川，这五路大军围剿蜀汉。诸葛亮胸有成竹，神不知、鬼不晓地暗驰檄于马超、魏延，分别以奇兵、疑兵御抵羌兵与蛮兵；密令孟达挚友李严与之沟通，以收缓兵之效；速调赵云据守要隘，曹真一路不战自退。只有退吴之兵靠外交手段，派邓芝游说一洗旧怨，重结蜀吴唇齿之盟。

曹丕听知蜀吴重修旧好，采纳司马懿的主张水陆接应进讨东吴，孙权任徐盛为安东将军抵挡魏兵，蜀有赵云率军出阳平关做侧应，曹丕被迫撤退，不断遭遇吴军追杀，折了大将张辽，损了无数士卒、马匹、船只和器械。诸葛亮调回赵云、魏延，集川兵五十万，离成都亲自南征平息孟获挑起的边乱。诸葛亮非常赞赏马谡"攻心为上"的卓见，七擒七纵孟获，使其心折首肯、永生感戴，蜀汉后方遂得以安定。

曹丕在位七年染疾而亡，其子曹睿即位。司马懿提督雍、凉等处兵马。消息传到西蜀，诸葛亮大惊，认为懿深有谋略，倘训练成功雍、凉兵马，必为蜀中大患。于是采用马谡的反间之计，并很快生效，曹睿削去懿的一切官职，命其返回乡里。诸葛亮趁此难逢之机上《出师表》，开始北征伐魏。赵云旗开得胜，力斩西凉大将韩德及其随征的四个儿子。诸葛亮自引中军亲临前线指挥作战，大败魏国驸马夏侯楙，智取南安、天水、安定三郡，收复了诸葛亮从出茅庐以来，至此才遇到的足可传授平生之学的罕靓名将姜维。蜀军声威大震，远近州郡望风归降。诸葛亮尽提汉中之兵，前出祁山，已临渭水之西。曹睿任曹真为大都督、郭淮为副都督、王朗为军师，率二十万大军迎战，两军阵前诸葛亮骂死王朗，曹真、郭淮又接连吃了败仗。曹睿急忙下诏恢复司马懿官职，加拜平西都督率军拒蜀。就在司马懿刚刚接到复职诏书，便获得了魏国金城太守孟达暗中投蜀，欲举金城、新城、上庸三处

军马径取洛阳的情报。他当机立断，采用先斩后奏的手段消灭了孟达，紧接着马不停蹄直奔街亭杀来，欲扼住蜀军的咽喉之路。诸葛亮深知司马懿必夺街亭要冲之地，选派参军马谡前去把守，临行前再三嘱咐，唯恐发生失误而导致全盘皆输。马谡反复表态胜此重任，并主动立下军令状，让诸葛亮无虑。然而马谡自以为是，违背诸葛亮关于在要道之处扎寨的军事部署，丢却要路，占山为寨，遭到魏兵合围，断汲水源，最终惨败失了街亭。诸葛亮急速撤军，亲到西城县搬运粮草，而司马懿所率十五万大军突临城下。千钧一发之时，诸葛亮设下空城计避免了一场灭顶之灾，连夜退回汉中，挥泪立斩马谡，上表自贬三等。

东吴鄱阳太守周鲂引诱魏兵深入重地，孙权派陆逊总领七十余万兵马，令朱桓在左、全琮在右、自居中军，三路进兵破敌。魏军统师曹休不听贾逵劝阻贸然轻进，在石亭被打得溃不成军。孙权采纳了陆逊的建议，派使入川请蜀伐魏。诸葛亮正计议兴师，忽报赵云病故，悲痛之中再上《出师表》，二出祁山。诸葛亮依姜维之计，献诈降书骗得曹真，重创魏兵。但因陈仓久攻不下蜀军粮道受阻，诸葛亮乘胜退兵，火烧敌军伪装运粮的车辆，以引蛇出洞的战术杀掉魏军骁将王双。

孙权称帝，立孙登为皇太子，任顾雍为丞相、陆逊为上将军。蜀派使入吴祝贺，约定兴兵伐魏。陆逊虚作起兵之势，遥与西蜀相应。诸葛亮利用陈仓守将郝昭病重的时机，里应外合轻取重镇，又令魏延、姜维攻占了散关。诸葛亮率师出陈仓、斜谷，三出祁山屡败司马懿，后主刘禅下诏恢复诸葛亮丞相职务。蜀军于胜利之中气势大振。突然张苞身死成都的消息传来，诸葛亮悲伤成疾不能理事，再度退兵汉中。

建兴八年（231 年），魏任曹真为征西大都督、司马懿为副都

督引兵四十万伐蜀，前军径奔剑阁，欲攻汉中。诸葛亮预见月内必有秋雨滂沱，只派千人扼守陈仓古道，自领大军安居汉中，以逸待劳，伺魏兵撤退追击取胜。大雨连降月余，魏兵远去，诸葛亮方从箕谷、斜谷分兵四出祁山。司马懿料知蜀军必自两谷进发，事先与曹真分别埋伏两谷之地，诸葛亮推知魏兵的动向，却因部将陈式不听指挥，四千蜀兵折在司马懿手中，而曹真大寨则被蜀军劫占。诸葛亮知曹真卧病不起，火上浇油用书信羞恼曹真，使之亡命。双方斗阵司马懿被挫败，撤到渭滨南岸坚守不出。蜀主刘禅轻信谗言下诏命诸葛亮回朝，蜀军以减兵增灶法安全退兵。

诸葛亮班师回朝，处死妄奏进谗的宦官，回汉中后整军经武。第二年春天，复兴师伐魏，五出祁山。为解决军中乏粮，趁陇上麦熟，以疑兵掩护出动三万精兵割尽陇上之麦，运往卤城打晒。魏兵夜袭卤城中了埋伏，狼狈逃离；雍、凉两地援军还没等站住脚，也被蜀兵杀得尸横遍野。正当魏军陷于窘境，蜀国都护李严谎报东吴欲起兵伐蜀的军情。诸葛亮被迫撤兵，且诱张郃进入剑阁木门道的埋伏圈内，射死于乱箭之中。

三年后，诸葛亮率三十四万大军，分五路六出祁山。首战，司马懿识破诸葛亮声东击西的计谋，蜀兵折损万余人马。紧接着，司马懿用诈降则被诸葛亮看穿，魏兵吃了败仗，从此固守大寨不出迎战。诸葛亮制造木牛流马运输军粮，魏军夺得几匹回去，如法仿造亦用运粮。诸葛亮巧用木牛流马的机关，为蜀军获取了万余石粮食。诸葛亮还令高翔佯作运粮往来于上方谷内，司马懿从俘虏的蜀兵口中听说了诸葛亮在上方谷的西安营，因而决计通过攻取祁山大寨引蜀兵解救之法，烧掉蜀军上方谷的积粮。结果，司马氏父子闯入诸葛亮设好的套子里，在上方谷内面对冲天大火，父子抱头痛哭。忽然骤雨倾盆，司马父子死里逃生。魏军于渭北

据守免战，任凭诸葛亮怎样羞辱搦战，都无济于事。因日夜操持军国大事，诸葛亮心力交瘁，积劳成疾，在生命即将结束的时候，仍在一丝不苟地筹划后事，最终病死于五丈原。诸将遵照诸葛亮遗计退兵，吓跑了前来追击的司马懿，斩了叛将魏延。

魏景初三年（239年）春，曹睿病死，太子曹芳即皇帝位，司马懿与曹爽辅政。起初曹爽专权，司马懿称病休养，其二子皆退职闲居。曹爽亦曾遣心腹去司马府中探看虚实，却为懿所蒙蔽。司马懿麻痹曹爽放松警惕，窥其离都城外出打猎的机会，发动政变，将曹爽兄弟及其同党一网打尽，灭其三族、尽抄家财。从此魏国大权旁落司马氏手中。懿死后，其长子师、次子昭相继专权。

吴太元二年（252年）孙权病亡，孙亮继帝位，太傅诸葛恪、大司马吕岱辅政。司马师兄弟认为吴主幼懦，有机可乘，遂由司马昭总领三路军马伐吴。东吴诸葛恪派兵拒敌，大败魏军于东兴。诸葛恪就势伐魏，围攻新城数月不下，退兵过程又被追杀，惨败而归。吴主孙亮不满诸葛恪专权恣虐，恪因遭谋杀而其家老幼皆被斩首。

魏将夏侯霸系曹爽亲族，惧司马懿诛曹爽三族祸连自身，遂领本部人马造反，战败后投降蜀汉。姜维欲继诸葛亮之志，尽忠竭力重兴汉室，认为魏国政局动荡、战机到来，率兵出征想取雍州，却遭魏军阻截围攻，兵败牛头山退走阳平关。姜维不堕锐气，再度起兵朝魏军钱粮丰足的南安进发，司马昭统军迎战。姜维计斩魏军猛将徐质，把司马昭死死围困在铁笼山上。但因配合作战的羌兵受了蒙骗，战局遂转，蜀兵折损严重，姜维于撤退中射死魏国左将军郭淮，大灭了敌军的威风。

魏主曹芳嫉恨司马师跋扈专断，书血诏欲讨司马氏，事露曹芳被废，立曹髦为帝。淮南毋丘俭兴师问罪，司马师讨平淮南军，

自身病亡，司马昭继兄掌握朝中大权。姜维借机起兵速进，径取南安，于洮西大败魏兵，乘胜攻打狄道城，中了邓艾的暗算，败退于汉中。姜维重整旗鼓与邓艾较量，偷袭南安不果，大败而退。魏镇东大将军诸葛诞出于义愤兵讨司马昭，昭挟曹髦亲征，诞兵败阵亡。姜维得知魏国动乱，瞄准了魏军屯集粮草的重地长城，筹划烧其粮草，直取秦川。蜀兵进击城下，急攻猛打火烧危城。邓艾父子带兵骤至解救了倒悬之危，司马昭又来助战，姜维伐魏仍成画饼。

吴主孙亮为大将军孙綝所废，扶立孙休为帝。孙休与老将丁奉谋杀孙綝，并派人到成都通报司马昭不日篡魏，必侵吴、蜀以示威的消息。姜维欣然上表伐魏，祁山前两军斗阵邓艾失利。困境之中邓艾施以反间计，重金收买蜀宦官黄皓，散布姜维想要投魏的谣言，刘禅传旨召回姜维。

司马昭骄横无忌，魏主曹髦不忍坐受废辱，仗剑升辇领数百宿卫官兵伐昭，为中护军贾充指使随从刺死辇中。贾充等劝司马昭受魏禅，昭认为时机不妥，立曹奂为帝。姜维不放过用兵的有利形势，三路进军杀奔祁山。邓艾企图用诈降赚得姜维，反为蜀军将计就计，险些丧生，其参军王瓘在绝境中自杀。魏兵伤亡惨重；蜀军折了许多粮车、栈道，恐汉中有失而撤离祁山。姜维调人修复栈道、集结粮草兵器，统帅三十万兵马伐魏。邓艾猜中姜维的战术，洮阳一仗蜀兵溃败，夏侯霸阵亡。姜维分兵偷袭祁山魏兵大寨，反败为胜。刘禅听黄皓的谗言，急令蜀军撤回。

姜维为避宦官黄皓的谗毁之祸，听取了秘书郎郤正的建白，带领八万军队往沓中种麦屯田，以图保国安身。姜维先后九伐中原与邓艾等魏将斗智斗勇，终因蜀主昏庸，奸佞当道，朝官无直言，百姓有饥色，国势江河日下，姜维无力扭转乾坤。

（四）丧德失政分久必合的大趋势

司马昭闻知姜维沓中屯田连扎四十余营，如长蛇之势，认为是心腹大患。于是拜钟会为镇西将军，邓艾为征西将军，分兵两路伐蜀。姜维获悉情报后表奏刘禅请速下诏扼守阳安关、阴平桥，力保汉中安全。禅只听黄皓妄言，请来城中师婆预料国家吉凶。师婆入宫坐于龙床上，禅亲自焚香祷告，师婆披发光脚跳跃在宫殿里，盘旋在案桌上，闹腾一阵过后，大叫说："我是西川土神，陛下欣乐太平……数年之后魏国疆土亦归陛下，切勿忧虑。"禅从此深信师婆鬼话无疑，姜维累上急表全被黄皓隐藏起来。

钟会连克数城，攻下阳安关进驻汉中。姜维从沓中冲出邓艾的阻击，直奔剑阁遏住钟会的攻势。邓艾却不避高山峻岭从阴平小路出汉中德阳亭，准备以奇兵偷袭蜀都。他命令其子邓忠领五千精兵凿山开路，搭造桥阁，自选三万人各带干粮绳索进发，二十余天在巅崖峻谷里走了七百余里。遇摩天岭邓忠与开路壮士皆哭泣，邓艾取毡自裹身体先滚下山，将士效法而行，凡无毡衫者皆用绳索束腰，攀木挂树鱼贯而进。魏军过了摩天岭，一鼓作气攻下江油、涪城，形势严峻，刘禅再想找师婆卜吉凶，师婆早就逃之夭夭了。郤正保奏诸葛亮之子诸葛瞻率兵拒敌，诸葛瞻父子战死绵竹。邓艾指挥人马进取成都，谯周劝谏刘禅投降，禅第五子刘谌痛骂腐儒误国，与其妻愤然自尽。

姜维在剑阁接到刘禅令其归降的诏书，将士无不咬牙切齿，愤怒已极。姜维目睹将士爱国之情，把生死置之度外，欲用计力挽狂澜。他赴钟会大营请降，为之筹谋剪除邓艾之策，钟会折箭发誓愿结生死之交。钟会利用司马昭疑忌邓艾自专之心，设法激

怒昭，以夺得邓艾兵权。邓艾父子被押往洛阳，钟会入成都尽收其军马。司马昭亦疑钟会蓄意谋反，同曹奂御驾亲征，兵出长安。姜维劝钟会立即讨司马昭，活埋其心有敌意的部将。消息泄露，姜维领武士往杀魏将，突然一阵心疼昏倒在地，半晌苏醒过来。钟会已被乱箭射倒，姜维拔剑上殿心疼加剧，无奈自刎身亡。邓艾父子也在绵竹被追杀，刘禅则被遣往洛阳。

司马昭设宴款待刘禅，先以魏乐舞戏，蜀降官皆有感伤之意，唯独刘禅面露喜色。接着，昭令蜀人伴蜀乐歌舞，蜀官无不流泪，而刘禅嬉笑自若。昭叹曰："人之无情，乃至于此！虽使诸葛孔明在，亦不能辅之久全，何况姜维乎？"于是问刘禅："颇思蜀否？"刘禅说："此间乐，不思蜀也。"司马昭收川有功遂被封为晋王，不久中风而死。立长子司马炎为世子，仿效曹丕绍汉故事，得了皇位，称国号为晋。

吴主孙休认为晋必伐吴，忧虑而死，立孙皓为帝。孙皓凶暴残忍，酷溺酒色，丞相濮阳兴、左将军张布劝谏，皓怒斩二人，灭其三族，廷臣全都缄口不敢再谏。孙皓为所欲为，大兴土木造昭明宫，奢侈无度公私匮乏。他还召来术士令筮著问天下事；术士回禀得筮吉，不久吴主辇车当进洛阳城了。皓派陆抗屯兵江口以取襄阳，晋调羊祜率兵拒之。羊祜戍防守有方，深得军民之心，吴兵降去听便，裁减戍防官兵垦田八百余顷。初到襄阳时军无百日之粮，一年工夫军粮竟有十年之积。羊祜与陆抗时有礼节往来，双方相安无事。孙皓令陆抗伐晋，陆抗表奏羊祜以德治军理民不可讨伐。孙皓疑陆抗与敌人勾结，罢其兵权。孙皓十余年杀忠良直谏之臣四十多位，莫有敢表示异议者。羊祜奏请晋主兴兵击吴，但司马炎没有及时采纳。羊祜临死荐杜预率兵，深有选人之明。襄阳人在岘山为羊祜立碑四时祭之，人们见碑思人无不流泪，曰

"堕泪碑"。

　　吴主孙皓荒淫暴虐日甚一日，每与群臣宴皆令沉醉。宴罢则纠弹官员过错，对有过失者或剥其面，或凿其眼，国人皆惶恐不安。司马炎看到时机成熟，下令进讨东吴。孙皓用岑昏主意造连环铁索横江截挡晋国王濬战船，又把铁锥置江水中，臆想破掉船舰。王濬造大筏上缚草人，披甲执仗，筏上作火炬长十余丈，灌上麻油，筏撞铁索燃火炬，须臾烧断。王濬船至石头城，孙皓仿效刘禅的做法，抬着棺材自缚请降。至此，各霸一方的政治势力已成为历史，天下重新归于一统。

《三国演义》全新解读

三、小说意蕴如棱镜透析的光谱 具有多重色彩

　　《三国演义》与其他伟大的作品一样，所蕴含的思想是极为广阔而深厚的，人们可以从不同的方向按照自己认定的价值标准，判断与概括小说的主旨和思想性，因而得出了相互不同且各自言之成理的看法。诸如：有人主张，小说借助描写三国之间错综复杂的矛盾和斗争，揭示了封建社会的黑暗和腐朽，谴责了封建统治阶级争权夺利、尔虞我诈的丑恶本质，及其残暴地宰割人民的罪行；有人认为，作品颂扬和赞美了人的智慧与才能，描述割据势力的政治、军事、外交的种种事件，旨在表现历史上各类斗争的经验和智慧，充分肯定了人的才智的价值；还有人认为，《三国演义》是讴歌忠义观念和忠义英雄的史诗，表彰始终不渝的珍贵挚情成为全书的重要思想。当然，说作者是在元末农民起义的时代背景下，用历史的思想透镜从三国的史料中解析出"拥刘反曹"的主题，表达人民强烈的民族意识，及对开创太平盛世明君能臣的思慕，更是很久以来一种普遍认同的结论。除此之外，认为《三国演义》是一部博大精深的军事教科书；是一部民族的雄伟的历史悲剧；是总结自周秦之后中国封建社会不断地从统一走向分裂，又不断从分裂走向统一的历史发展必然趋势，昭示分久必合历史哲学的小说作品，等等，均有独到的见地和精当切理之论。

　　前文说过，罗贯中在转化正史素材进行小说创作时，更多地

受到讲史话本、元杂剧和两晋至元末期间大量存在的民间故事、传说的影响，在小说意蕴的底片上作家的思想浸染着千百年来广大民众的心理情绪，这就会丰富作品的韵味，增添其思想的厚度。还有，历史小说的写作不能抛开基本的历史事实不顾，因此作家的人生价值取向、传统的人文精神和严酷无情的史实必将发生冲撞，作者在正义良知、人伦道德、理想愿望被强权邪恶、兽性暴力、冷峻现实践踏和粉碎时，不能不呼唤失落的东西，而慨叹无法改写的历史。这或许是小说的思想性"横看成岭侧成峰"的另一个原因吧。所以说，对《三国演义》的意蕴如能略作分析，便可看出那带有鲜明感情色彩的多重性特征，就像棱镜折射的光谱，让人领悟到事物表面之外的东西。在此对《三国演义》作以简要的剖析。

（一）仁君之魂在于天下为公

《三国演义》中的刘备是中国封建社会普天之下平民百姓一直渴慕的仁君代表，作品不厌其烦地表现这位仁君的品质和业绩，以使人们承认他就是世间难觅的济世兴邦的国君。刘备在小说里亮相的背景是东汉末年朝政窳败、生灵涂炭，黄巾起义爆发，社会扰攘不宁。当此之际，他在桃园结义时展示给世人"上报国家，下安黎庶"的志向就显得格外生辉，而远不是市井伙伴凑聚起来蹈空虚说，互相标榜吹牛。一旦他踏入仕途，肩上有了社会责任，便身体力行实践自己的政治抱负。他任安喜县尉，"署县事一月，与民秋毫无犯，民皆感化"（第二回）。真是为任一方，惠及一地。徐州牧陶谦三次让贤，刘备固辞不受。陶谦死后，徐州百姓拥挤在州府哭拜曰："刘使君若不领此郡，我等皆不能安生矣！"

（第十二回）刘备到新野后，"军民皆喜，政治一新"（第三十四回）。老百姓用歌谣颂扬他："新野牧，刘皇叔；自到此，民丰足。"（第三十五回）表明他"仁德及人""远得人心，近得民望"，即使大难临头也会得到百姓的支援而走出困境。小说第十九回写他逃难，"途次绝粮，尝往村中求食。但到处，闻刘豫州，皆争进饮食。"第三十一回写刘备为曹操打败逃至汉江，"土人知是玄德，奉献羊酒。"刘备受到百姓的拥戴是他爱民行为博得的一种回报，然而刘备对百姓的态度不仅是封建官吏一般的尽职觉悟，还有来自于更高层次上的理论认识。

早在先秦，儒家学说的创始人孔子那里就谈了民心向背的政治意义："丘闻之，君者舟也；庶人者，水也。水则载舟，水则覆舟，君以此思危，则危将焉而不至矣。"（《荀子·哀公》）孔子看到民心重要，还指明了获得民心的途径："为政以德，譬如北辰，居其所而众星拱之。"（《论语·为政》）仁政德治是维系人心，取得政治上成功的决定性因素。孟子继承了孔子的思想，进一步提出了"民为邦本"的观点，这些则变成了刘备爱民的指导思想。小说写刘备带领百姓逃离樊城，"扶老携幼，将男带女，滚滚渡河，两岸哭声不绝"，刘备日睹百姓遭此磨难，痛不欲生，竟要投江而死，不肯连累百姓。曹操大军穷追不舍，刘备"拥民众数万"向江陵进发，步履维艰，每天只行十多里。众将皆提议："倘曹兵到，如何迎敌？不如暂弃百姓，先行为上"。刘备泣曰："举大事者必以人为本。今人归我，奈何弃之？"原来，宽仁厚德、关爱百姓是与成就伟大的事业密不可分的。

刘备选贤任能、尊重人才、爱惜人才同样是为了实现平生追求的大事业，他对待贤能之士仍然是坚定不移地以仁德相处结交。徐庶来新野辅佐刘备，大败曹仁的进攻，扭转了与曹军作战的被

动局面，这是刘备梦寐以求的事情。但徐庶误中曹操奸计准备到许昌援救老母的时候，孙乾密劝刘备切勿放走徐庶，诱发曹操杀害其母，使徐庶"为母报仇，力攻曹操"。刘备果断地表态："不可。使人杀其母，而吾用其子，不仁也；留之不使去，以绝其子母之道，不义也。吾宁死，不为不仁不义之事。"（第三十六回）他得知诸葛亮是旷世"奇士"，"有经天纬地之才，盖天下一人也"，即虚心往聘，三顾茅庐恭求"济世安民之术"。张飞不理解刘备的良苦用心，表示："量一村夫，何必哥哥自去，可使人唤来便了。"刘备严厉斥责说："汝岂不闻孟子云：'欲见贤而不以其道，犹欲其入而闭之门也。'孔明当世大贤，岂可召乎！"（第三十七回）正是刘备以礼贤下士、体国为民的仁德之道打动了诸葛亮，所以他才能放弃隐居生活，与刘备结下鱼水之情，为蜀汉事业竭忠尽智，奉献出毕生的精力。刘备与五虎将等豪杰之士能够肝胆相照、心心相印，亦是共同追求救国救民的事业所产生的巨大凝聚力使然。赵云跟随刘备是经过认真选择与思考而决定的。他最初在袁绍部下，"因见绍无忠君救民之心"，则抛弃袁绍投奔公孙瓒。在他和刘备相识后两人执手垂泪告别时，赵云又感叹："某曩日误认公孙瓒为英雄；今观所为，亦袁绍等辈耳！"（第七回）他于卧牛山下再遇刘备慨然表露衷曲："云奔走四方，择主而事，未有如使君者。今得相随，大称平生。虽肝脑涂地，无恨矣。"（第二十八回）赵云目的明确：伴随刘备是"从仁义之主，以安天下"，解民于倒悬之危。因此在刘备的行事举措中，凡是出现了赵云认为有悖于"救百姓、安天下"原则的，都能直言不讳地提出批评。由于君臣相得，为着共同目标励精图治，终于战胜了无数艰难险阻，把诸葛亮隆中决策的蓝图变为生机勃勃的现实景象，"东西两川，民安国富，田禾大成。"（第七十七回）

正当蜀汉事业如日中天的时候，关羽背离了"北拒曹操，东和孙权"（第六十三回）的镇守荆州的八字方针，导致败走麦城被俘丧命。刘备对情同手足的兄弟不幸遭遇感到五脏俱焚，极度悲痛。他刚闻关羽死讯就"大叫一声，昏绝于地"。苏醒之后，又对劝他的诸葛亮说："孤与关、张二弟桃园结义时，誓同生死。今云长已亡，孤岂能独享富贵乎？"紧接着"见关兴号恸而来"，"大叫一声，又哭绝于地"，"一日哭绝三五次，三日水浆不进，只是痛哭；泪湿衣襟，斑斑成血"。（第七十七、七十八回）刘备笃于金兰情谊，信守桃园结义的誓言，"二弟若死，孤岂独生！"作为一个封建君主，决心为臣下守义殉身，委实难能可贵，具有美学上的巨大感染力。然而，就小说作品里的封建君主而言，不论用事实判断还是用美学判断，都不能抹掉刘备身上的头衔来谈其审美价值。他要愤起倾国之兵大举伐吴，这是不计后果，把苍生社稷的利益抛到九霄云外，只想报仇泄愤的盲动，显然与他为之奋斗的政治理想格格不入。赵云面对刘备丧失仁君应有的理智而做出的错误决断，勇敢而坦诚地说出了自己的看法。请看：

国贼乃曹操，非孙权也。今曹丕篡汉，神人共怒。陛下可早图关中，屯兵渭河上流，以讨凶逆，则关东义士，必裹粮策马以迎王师；若舍魏以伐吴，兵势一交，岂能骤解。愿陛下察之。先主曰："孙权害了朕弟；又兼傅士仁、麋芳、潘璋、马忠皆有切齿之仇；啖其肉而灭其族，方雪朕恨！卿何阻耶？"云曰："汉贼之仇，公也；兄弟之仇，私也。愿以天下为重。"先主答曰："朕不为弟报仇，虽有万里江山，何足为贵！"（第八十一回）

　　向来把儒家的政治道德观念视作灵魂的刘备，却心态扭曲，以手足私情取代"天下为重"的公理，公私错位、本末倒置、轻重莫辨，忠耿之言只能成为耳旁风。诸葛亮苦谏数次无用，学士秦宓豁出命来进言非但不听，反而要斩首示众。"宓面不改色，回顾先主而笑曰：'臣死无恨，但可惜新创之业，又将颠覆耳！'"秦宓的话自有深意，在他看来，现今的刘备绝非当年桃园结义的三兄弟里的一条汉子，而是一代开国的君主，要拿江山的老本为结义兄弟复仇，重情守信的人格是完善了，但代价太大了。更何况蜀汉的主要敌人是篡汉的曹魏，伐吴的政治损失也是无法估量的，所以秦宓因谏丢命，却含笑以赴。诸葛亮十分理解秦宓的话，他在急救秦宓的表文中讲得明白："迁汉鼎者，罪由曹操；移刘祚者，过非孙权。窃谓魏贼若除，则吴自宾服。"秦宓带有刺激的话倒是"金石之言"，如能听取"则社稷幸甚！天下幸甚！"刘备把表文扔到地上，堵住大家的嘴，摆出来非干不可的架势了（第八十一回）。这位仁君开始在错误的道路上往下滑了。东吴试图派诸葛谨利用外交手段化解蜀吴矛盾，他的陈述与蜀中文武官员的谏言不谋而合，并且东吴在实际行动上"愿送归夫人，缚还降将，交还荆州"（第八十二回）。刘备一口回绝了东吴提出的条件，反映了仁君刘备丧失理智已到了相当的程度了。伐吴之战旗开得胜，关羽的直接仇人潘璋、马忠、麋芳、傅士仁全都被杀，受到惩罚，江南震动，孙权心怯，忙派使者送还张飞之首，交出凶手范疆、张达，再次申明"欲还荆州，送回夫人，永结盟好，共图灭魏"（第八十三回）。蜀汉谋臣马良认为仇人尽戮，其恨已雪，伐吴目的已经达到，可以班师罢兵了。然而，不体恤江山社稷的君主对国家的危害比丢魂的平民更可怕，猇亭、彝陵之役七十万蜀兵伤亡殆尽，蜀地百姓多年的血汗积蓄付之一炬。这位仁君刘备逃命

到白帝城，临终之前总算冷静下来意识到自己铸成的大错，是"不纳丞相之言，自取其败"，遗诏告诫刘禅"惟贤惟德，可以服人"（第八十五回）。

孔子曾说："大道之行也，天下为公，选贤与能。"（《礼记·礼运》）选用贤能的人才观和以社稷百姓利益为重的得失观，是儒家天下为公的含义。《三国演义》中的仁君刘备犹如一柄"双刃剑"，他那以天下为己任，选贤用能开创清平世界的功业，寄托了封建时代广大人民的希望和要求；而他漠视百姓社稷利益，本末颠倒、公私错位、情理失衡的错误行径所导致的悲剧，同样具有反面的教育意义。

（二）忠义的人格价值引起读者的思考

忠与义二者皆属儒家伦理道德范畴，因时代生活的变迁、传统文化的演进，它们的内涵亦在不断地更新和扩充。《三国演义》的忠义观就已超越了先秦儒学的旨意，带有一定的民间传统色彩和时代气息。不过，二者在小说里被紧紧地黏合起来，成为人格构建上价值取向的核心内容，也是小说意蕴中颇为耐人寻味的部分。忠义观仿佛是《三国演义》品评人物的斤两，写人论事往往与之联系，而且冲突了封建正宗意识。不论男女老少和人物的身份高低，只要在为人处世中展现出忠义人格价值的，一概褒扬颂美；反之，则不失时机地奚落嘲讽。读了《三国演义》，像下面的剪影恐怕要激荡起受者心中的波澜。

魏将邓艾率兵偷渡阴平之后带着疲惫不堪的两千余人，星夜倍道急攻江油城。其城守将马邈明明知道汉中丢失，军情吃紧，却到军寨中点完卯即回家和妻子围着火炉饮酒。他的妻子很纳闷，

于是引发了夫妻心灵碰撞的镜头：

> 其妻问曰："屡闻边情甚急，将军全无忧色，何也？"邈曰："大事自有姜伯约掌握，干我甚事？"其妻曰："虽然如此，将军所守城池，不为不重。"邈曰："天子听信黄皓，溺于酒色，吾料祸不远矣。魏兵若到，降之为上，何必虑哉？"其妻大怒，唾邈面曰："汝为男子，先怀不忠不义之心，枉受国家爵禄，吾有何面目与汝相见耶？"马邈羞愧无语。（第一百十七回）

朱熹说："尽己之谓忠"（《论语集注》），"义，所以制断事宜也。"（《国语·周语》）这是忠义的基本含义，即为尽心尽力地完成自己的职责，依据行为和道德规范支配自己的实际行动。马邈拿着将军的俸禄，却把作为守城将军应尽的义务和责任忘得一干二净。难怪他的妻子怒斥他是不忠不义的无耻之徒。果然家人慌张地报告马邈，说邓艾的部队攻下了城池，他便拜伏在敌人的脚下，"泣告曰：'某有心归降久矣。今愿招城中居民，及本部人马，尽降将军。'"马邈妻子看到城破夫降，自缢身死，邓艾"感其贤，令厚礼葬之，亲往致祭"。马邈妻子那忠义的人格价值，用邓艾的反响映衬得更为珍贵。

小说第七十四回写关羽围攻樊城，与前来增援的曹军部将于禁、庞德展开了一场激战，最终于、庞二将被擒。在人格与生命的选择面前，庞的态度明朗，毫不折腰投降。关羽说："汝兄现在汉中；汝故主马超，亦在蜀中为大将；汝如何不早降？"庞德大怒曰："吾宁死于刀下，岂降汝耶！"庞临刑骂不绝口，引颈受斩。

关羽怜而葬之。于禁表现则是另一副面孔："禁拜伏于地，乞哀请命。关公曰：'汝怎敢抗吾？'禁曰：'上命差遣，身不由己。望君侯怜悯，誓以死报。'公绰髯笑曰：'吾杀汝，犹杀狗彘耳，空污刀斧！'令人缚送荆州大牢内监候。"于、庞两相对照，人格的美丑不言而喻。后来关羽失荆州，东吴把于禁从牢中送归魏王曹丕。曹丕因其人格卑微令他守陵墓，还在陵屋的粉白的墙壁上画了关羽水淹七军及活捉于禁的故事。壁画中关羽俨然上坐，庞德愤怒不屈，于禁拜伏于地、哀求乞命的样子，十分逼真生动。于禁见了羞愤生病，不久死去。小说以诗的形式评论说："三十年来说旧交，可怜临难不忠曹。知人未向心中识，画虎今从骨里描。"书中对丧失忠义气节的人，采取嘲弄讽刺的方法真可谓无所不用其极了。

司马昭手下有个中护军贾充，是一个为虎作伥、帮司马昭篡夺曹氏政权特别卖力的爪牙，就是他亲自指使成济用戟将曹髦刺死于辇中。曹髦死后，尚书仆射陈泰要求处死祸手贾充，司马昭出面袒护拿成济做替罪羊，平息事端。小说对贾充这个小丑进行绝妙讥刺。东吴最后一个皇帝孙皓是个残忍暴虐，常用剥脸面、挖眼睛来惩罚朝臣以逞凶的昏君。晋军攻取吴都后他主动投降，是货真价实的丧失国格与人格的双料混账。这个混账被押送到西晋首都洛阳，全书结尾有个简短的场面描写：

> 皓登殿稽首以见晋帝。帝赐坐曰："朕设此座以待卿久矣。"皓对曰："臣于南方，亦设此座以待陛下。"帝大笑。贾充问皓曰："闻君在南方，每凿人眼目，剥人面皮，此何等刑耶？"皓曰："人臣弑君及奸回不忠者，则加此刑耳。"充默然甚愧。（第一百二十回）

名家解读中外文学名著书系

57

这是同类比照，以丑衬丑的加倍法，挖苦嘲弄贾充卑鄙龌龊的人格。小说还有不少令人解颐的讽刺，对没有忠义人格价值者想方设法地出他们的洋相，但是《三国演义》较多地还是正面歌颂忠义的人格价值。

小说第三十六回描写徐庶母亲忠义人格的风采，虽寥寥几笔却能浮漾纸上给人留下强烈的印象。曹操依照程昱的谋划把徐母骗到许昌，假惺惺地对徐母说："闻令嗣徐元直，乃天下奇才也。今在新野，助逆臣刘备，背叛朝廷，正犹美玉落于淤泥中，诚为可惜"，因而劝徐母用信唤回儿子，皇帝将给重赏。徐母佯作不知地问："刘备如何人也？"操曰："沛郡小辈，妄称'皇帝'，全无信义，所谓外君子而内小人者也。"徐母厉声曰："汝何虚诳之甚也！吾久闻玄德乃中山靖王之后，孝景皇帝阁下玄孙，屈身下士，恭己待人，仁声素著，世之黄童、白叟、牧子、樵夫皆知其名：真当世之英雄也。吾儿辅之，得其主矣。汝虽托名汉相，实为汉贼"，说着拿起石砚去打曹操，以激怒曹操使之杀她，可让其子专心辅佐刘备。程昱看清了徐母的着数，提醒曹操若杀徐母必令其子"死心助刘备以报仇"，反倒"招不义之名"。后来徐庶被程昱假造的其母手书骗到许昌，徐母怒责儿子不懂"忠孝不能两全"之理，愤然自缢。徐母深明大义的精神，千载之下亦叫人啧啧称羡。无独有偶，第一百十四回说到曹髦被害，其身边随众顿时逃散，尚书王经赶来大骂贾充"逆贼弑君"的罪恶。司马昭气愤地将王经全家捕起来。王经正在法官的厅下，忽然看见母亲被捆绑着押送而来，此时王经母子的人格经受着严峻的考验：

经叩头大哭曰："不孝子累及慈母矣！"母大笑曰："人谁不死？正恐不得死所耳！以此弃命，何恨之

有！"次日，王经全家皆押赴东市，王经母子含笑受刑。满城士庶，无不垂泪。

王经母亲坚信为忠义捐生就是死得其所，作者认为母子俩的人格精神"应同天地"长存。还有一个很能引人遐想的插曲：当司马懿夺取了曹爽兄弟的兵权，灭了曹氏三族，人们都唯恐祸连自身之际，小说插入了饶有意味的片段：

> 曹爽从弟文叔之妻，乃夏侯令女也：早寡而无子，其父欲改嫁之，女截耳自誓。及爽被诛，其父复将嫁之，女又断去其鼻。其家惊惶，谓之曰："人生世间，如轻尘栖弱草，何至自苦如此？且夫家又被司马氏诛戮已尽，守此欲谁为哉？"女泣曰："吾闻'仁者不以盛衰改节，义者不以存亡易心'。曹氏盛时，尚欲保终；况今灭亡，何忍弃之？此禽兽之行，吾岂为乎！"懿闻而贤之，听使乞子以养，为曹氏后（第一百七回）。

文叔的妻子孀居守寡和三从四德封建观念的毒害不是一码事，而是不以功利为价值的道德追求，恰似儒家指出的："义之所在，不倾于权，不顾其利"。（《荀子·荣辱》）因此诗曰："弱草微尘尽达观，夏侯有女义如山。丈夫不及裙钗节，自顾须眉亦汗颜。"处于男尊女卑的封建文化环境，《三国演义》倒能多次表现魏、蜀、吴各方女性的忠义品格，应该指出这是一个突破，有力地说明了小说描述的忠义行为和思想显示出开放性、灵活性的特点，如司马懿说的："彼各为其主，乃义人也。"（同上）忠义断非是"土

特产"，而具备普遍的意义。也该强调小说的忠义精神主要体现在蜀汉集团中叱咤风云的人物身上，诸葛亮的忠、关羽的义更是为读者喜闻乐道的美德。

《三国演义》中诸葛亮这个名字一出现就与忠联系着。刘备向司马徽表示苦于无处求贤，徽立刻提醒他说："岂不闻孔子云：'十室之邑，必有忠信。'何谓无人？"进而点到了如今天下的奇才，"伏龙、凤雏，两人得一，可安天下。"（第三十五回）可知小说里的人才素质标准包括忠的品德。刘备三顾茅庐见到诸葛亮，真诚剖白志在拯救苍生百姓，而且"泪沾袍袖，衣襟尽湿"（第三十八回），诸葛亮才吐出了"愿效犬马之劳"的誓言。自此诸葛亮的余生历尽艰辛、奔波劳碌，为蜀汉基业的开创和巩固，忠心耿耿、呕心沥血、运筹帷幄。白帝城托孤时，君臣之间披肝沥胆、推心置腹的交谈确为感人的一幕：

（刘备）取纸笔直写了遗诏，递与孔明而叹曰："朕不读书，粗知大略。圣人云：'鸟之将死，其鸣也哀；人之将死，其言也善。'朕本待与卿等同灭曹贼，共扶汉室；不幸中道而别。烦丞相将诏付与太子禅，令勿以为常言。凡事更望丞相教之！"孔明等泣拜于地曰："愿陛下将息龙体！臣等尽施犬马之劳，以报陛下知遇之恩也。"先主命内侍扶起孔明，一手掩泪，一手执其手，曰："朕今死矣，有心腹之言相告！"孔明曰："有何圣谕！"先主泣曰："君才十倍曹丕，必能安邦定国，终定大事。若嗣子可辅，则辅之；如其不才，君可自为成都之主。"孔明听毕，汗流遍体，手足失措，泣拜于地曰："臣安敢不竭股肱之力，尽忠贞之

节，继之以死乎！"言讫，叩头流血。

这里暂且不去猜度刘备是真话直露，还是故意作戏别有用心，只想说作品描写这个动人的场景，对刻画诸葛亮忠贞的人格是非常得力的，也把忠的思想境界和价值淋漓尽致地表现出来。以古代传统文化来解读它，该是"忠能固君臣，安社稷，感天地，动神明，而况人乎，忠兴于身，著于家，成于国，其行一也"（《忠经·天地神明》）。

诸葛亮辅佐刘禅的过程可视为实践尽忠诺言的表现。他殚精竭虑重新调整外交关系，积粮草、治军旅，安定蜀地、平定南方，北伐中原以求"兴复汉室"，兑现"报先帝而忠陛下"的承诺。他的遗表堪称忠义人格的自白，一息尚存还不忘嘱咐刘禅要"清心寡欲，约己爱民；达孝道于先皇，布仁恩于宇下"（第一百四回）。诸葛亮以自己的行动为构建高尚的人格画上了完满的句号。魏主曹睿临死的时候幻想司马懿能做诸葛亮第二，他在许昌的宫殿里也握着司马懿的手说："昔刘玄德在白帝城病危，以幼子刘禅托孤于诸葛孔明，孔明因此竭尽忠诚，至死方休"（第一百六回）。他告诫这个身任太尉的人，要"竭力相辅"自己的儿子。但司马懿的人生哲学和人格构建的价值取向，与诸葛亮对照实在各具特色。司马懿的人生天平上让其子孙过把做帝王的瘾是压倒一切的。老子说："知人者智"，曹睿向司马懿托孤，只能反映他不睿。放下这些不谈，从曹睿临终遗言上看，诸葛亮的忠贞人格在当时就产生了引人向善的效果。

至于关羽的义要比诸葛亮的忠在内涵上复杂得多，作品开始写刘、关、张兄弟三人的结义，既有严肃地确立平等互爱、齐心协力的友善关系，又有表明信守救困扶危、休戚与共、反对邪恶、

维护公德的盟誓手段；既是封建社会人民群众朴素的民主思想和平等要求的表现，又是组织力量、巩固团结、联合起来反抗剥削压迫的政治要求。另外，还是为自己主子效命的一种宣言。总之，它是封建社会小私有者的意识形态，常常以个人恩怨评判是非得失，封建统治者利用其狭隘性与局限性为自己服务。关羽的义在小说里最闪光的表现是集中于第二十五回至二十八回。他保护刘备的妻小，死守下邳，曹操用计将他围困在土山上，张辽以死战有"三罪"、投曹有"三便"对他劝降。他出自于现实的考虑提出了不违桃园结义原则的"三约"，作为投曹的条件。他身在曹营心在汉，曹操送给他的金银绸缎、锦袍骏马都没有触动他的心。当他闻知刘备的消息便果断地挂印封金，夺关斩将，回到刘备的身边同甘苦、共患难，开创蜀汉大业。

然而，关羽的义不等同于儒学解释的说法："义者，心之制，事之宜也"（《孟子集注》），意谓用心裁制利欲，立身行事符合公理。关羽的义定位在以我为中心的个人恩怨上，个人恩怨成为支配他行为的原动力。曹操广施恩惠收买他，他自然地为曹操效劳，斩颜良、诛文丑，解白马之围。龚都揭他的疮疤，骂他是"背主之人"，他无言以对且坚持不改。赤壁之战，关羽在华容道上放走了曹操，这是由个人恩怨导致敌我不分的后果，异化为损害集体事业的反对力量。说穿了，《三国演义》中关羽身上体现的义，是报恩的同义语，与江湖上流行的道德精神有相通之处。如果渗透到个人之间相互帮助、回报和温情之中，不无一定的积极意义，而扩展的范围越大，包括集体、国家在内，它的误区则越明显，有害的毒素就越多。

（三）智勇是人的一种魅力

《三国演义》的读者都不能否认，对小说中人物的喜爱憎恶感情，虽然为全书拥刘反曹的思想倾向所制约，但是那些富有智慧和勇敢的人物形象，总会使读者萦怀难忘，产生审美的愉悦之感，这就是人格的一种魅力，是生命的价值。小说往往在对三国间政治、军事、外交尖锐复杂矛盾斗争的描写中，突出智能与勇武的重要性，令充满智勇美德的形象大放异彩。毛宗岗《读三国志法》叹道："遍观乎三国之前，三国之后，问有运筹帷幄如徐庶、庞统者乎？问有行军用兵如周瑜、陆逊、司马懿者乎？问有料人料事如郭嘉、程昱、荀彧、贾诩、步骘、虞翻、顾雍、张昭者乎？问有武功将略迈等越伦如张飞、赵云、黄忠、严颜、张辽、徐晃、徐盛、朱桓者乎？问有冲锋陷阵、骁勇莫挡如马超、马岱、关兴、张苞、许褚、典韦、张郃、夏侯惇、黄盖、周泰、甘宁、太史慈、丁奉者乎？问有两才相当，两贤相遇如姜维、邓艾之智勇悉敌，羊祜、陆抗之从容互镇者乎……求之别籍，俱未易一一见也。"毛氏评价小说里的重要人物不能说个个恰如其分，倒是别具慧眼。其中把张飞与赵云等相提并论，称之为兼具武功将略的拔尖人才，真是没有辜负罗贯中塑造这些形象的一片苦心。

张飞与读者见面的第一个印象是豪侠粗犷的莽汉，"豹头环眼，燕颔虎须，声若巨雷，势如奔马"的外在形象风度，生动揭示了猛张飞的内在个性。当董卓怠慢了刘备，他"便要提刀入帐来杀董卓"（第一回）。他听到"督邮逼勒县吏，欲害刘公"，则"睁圆环眼，咬碎钢牙"，痛打贪官。后来战场上露面的张飞是"手持蛇矛丈八枪，虎须倒竖翻金线，环眼圆睁起电光"（第五

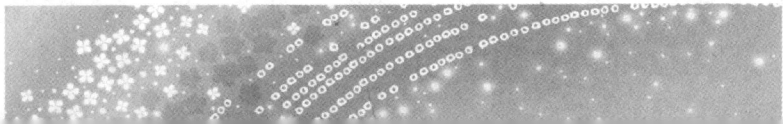

回），活现了猛张飞的声威。中国古代儒家认为智、仁、勇是"三达德"，勇敢而无智谋的军官只是一介武夫，这号人绝不会成为世人仰慕的名将。

罗贯中笔下的张飞神奇地表现出武夫变名将的经历，小说写张飞擒刘岱是他由武功向将略跨出的一大步。刘岱原为兖州刺史，虎牢关讨董卓时也是一镇诸侯。曹操派他与王忠攻打徐州，关羽活捉了王忠，令张飞只准生擒刘岱以留作收买曹操军心的工具。刘岱知张飞勇猛，坚守军寨任其叫阵挑战，挫折中张飞意识到单凭武力无济于事，开始了运用智慧的力量。他饮酒诈醉痛打军士，故意使受罚军士逃奔敌营报告预定劫寨的情报，诱导曹军中计，轻擒刘岱。消息传来，刘备喜不自禁，对关羽说："翼德自来粗莽，今亦用智，吾无忧矣！"（第二十二回）刘备的话短意长，在干戈扰攘、机诈丛生的社会环境里，仁、智、勇"三达德"里缺少任何一项都难以成事。

大闹长坂桥的成功，与其说是张飞凭借勇武，毋宁说是他使用智谋的作用。张飞带领二十余骑来长坂桥阻截曹操百万之众，单靠拼杀只有死路一条，已经尝过智斗甜头的张飞又向前迈了一步。他让二十余骑砍下桥东树林的枝条，拴在马尾上在林中来往驰骋，冲起尘土以为疑兵，这是他阻击战的第一步。然后是他选定了阻截敌军的最佳位置，立马桥上。倘若于桥前桥后都不能实现一对一的较量，敌军没到他已把握了可以利用的积极因素。曹操大兵追至桥边看到林后灰尘大起，疑有伏兵，立即勒马不前，扎住阵脚，疑兵之计生效了。张飞"见后军青罗伞盖、旄钺旌旗来到，料得是曹操心疑，亲自来看"，抓住了对方心理，厉声大喝，先声夺人。果然又生效了，张飞从曹操头上的青罗伞撤掉的现象上捕获了其中的信息。因此趁热打铁，强化声威，三吼之后

《三国演义》全新解读

"曹操身边夏侯杰惊得肝胆碎裂，倒撞于马下"，曹操回马而走，众军一齐往西奔跑。张飞看到曹军退去，阻击成功，忙叫二十余骑解掉马尾树枝，迅疾拆断桥梁，向刘备回禀详情。刘备随即指出拆桥失策，多谋的曹操一定会料知"我无军而怯"，必来追赶（第四十二回）。据水断桥表现了张飞今非昔比，谋略有长进，但比起其兄刘备仍差一大截。

义释严颜标志着张飞已经发展为武功、将略二者兼备的杰出军事人才。他不仅活捉了智勇双全的蜀中名将，而且忍辱负重以上宾之礼款待敌手，令其心悦诚服地归降，使巴郡到雒城间的关隘望风归顺，未再厮杀。张飞这次的自我超越连诸葛亮也没想到，他还惊问张飞如何会神速挺进，了解详情后，他向刘备贺道："张将军能用谋，皆主公之洪福也。"（第六十四回）毛宗岗对此大发感慨："翼德生平有快事数端：前乎此者，鞭督邮矣！骂吕布矣！喝长坂矣！夺阿斗矣！然前数事之勇，不若擒严颜之智也；擒严颜之智，又不若释严颜之尤智也。"（《三国演义的政治与谋略》第六十回）

成熟老练的名将张飞在巴西瓦口关碰上了悍将张郃，他把自己贪杯嗜酒的弱点，转变为诱敌中计的有利条件。当年他醉酒失了徐州，这回攻夺要隘时表面是积习不改，醉酒失态，假戏真演使刘备惊慌。诸葛亮深知今昔张飞判若两人，在酒上大做文章，结果用草人打扮的假张飞，赚得了骁勇善战的真张郃。经过千锤百炼的张飞，由一介武夫成长为英名盖世的"五虎将"，这种生命意义的飞跃，关键就在于智、勇价值的实现。凡是作者笔底闪烁光辉的人物，不管是文臣武将，都倾注了饱满的热情描写他们大智大勇的事迹。如赵子龙大战长坂坡、张辽威震逍遥津、老黄忠计夺天荡山、徐公明大战沔水、徐盛火攻破曹丕等武功将略的表

现不胜枚举。而文臣谋士的智勇较量也不乏精彩的笔墨，这里仅以邓芝为重修吴蜀盟邦的外交活动来推知其余。

当彝陵之战的余烟还没有彻底消失，吴蜀两军的杀伐声仍在耳畔回荡之时，看东吴是怎样接待这位倍受敌视的使臣：

> 忽报西蜀遣邓芝到。张昭曰："此又是诸葛亮退兵之计，遣邓芝为说客也。"权曰："当何以答之？"昭曰："先于殿前立一大鼎，贮油数百斤，下用炭烧。待其油沸，可选身长面大武士一千人，各执刀在手，从宫门前直摆至殿上，却唤芝入见。休等此人开言下说词，责以郦食其说齐故事，效此例烹之，看其人如何对答。"权从其言。

面对剑拔弩张、杀气逼人的场面，一位手无寸铁的书生做出了什么样的反映呢？

> 芝整衣冠而入。行至宫门前，只见两行武士，威风凛凛，各持钢刀、大斧、长戟、短剑，直至殿上。芝晓其意，并无惧色，昂然而行。至殿前，又见鼎镬内热油正沸。左右武士以目视之。芝但微微而笑。近臣引至帘前，邓芝长揖不拜。权令卷起珠帘，大喝曰："何不拜！"芝昂然而答曰："上国天使，不拜小邦之主。"权大怒曰："汝不自料，欲掉三寸之舌，效郦生说齐乎！可速入油鼎！"芝大笑曰："人皆言东吴多贤，谁想惧一儒生！"权转怒曰："孤何惧尔一匹夫耶？"芝曰："既不惧邓伯苗，何愁来说汝等也？"权

曰："尔欲为诸葛亮做说客，来说孤绝魏向蜀，是否?"芝曰："吾乃蜀中一儒生，特为吴国利害而来。乃设兵陈鼎，以拒一使，何其局量之不能容物耶!"（第八十六回）

孙权视邓芝从容不迫、谈笑自若的神态举止，听其不卑不亢、堂堂正正的对答，自觉惶愧失礼，马上叱退武士，命邓芝上殿，赐坐交谈，冷静而坦率讨论修盟国事。邓芝超凡的智勇征服了孙权，圆满地完成了外交的任务，维护了国家的尊严，赢得了信任和赞佩。孙权对其臣属感叹："孤掌江南八十一州，更有荆楚之地，反不如西蜀偏僻之处也：蜀有邓芝，不辱其主；吴并无一人入蜀，以达孤意。"（同上）由此足以证明智勇直接关系到各种势力的消长强弱，事态发展的走向，功业的大小、成败。小说里诸如王允除奸施妙计、鲁子敬力排众议、阚泽密献诈降书、庞统巧授连环计、张永年反难杨修等皆是文人谋士智、勇品德前后辉映的美文。《三国演义》是用乱世特殊社会条件作背景，描写智勇的鲜萜美实，平添了赞扬智勇的强度。尤其对诸葛亮智谋的歌颂，从隆中茅庐内纵论天下到五丈原料理后事，处处烂然在目，感人肺腑。书中其他雄杰才俊像魏之曹操、司马懿，东吴的周瑜、吕蒙、陆逊，蜀汉的庞统、姜维等较之于诸葛亮均显失色。而诸葛亮形象的智慧光环，挖到根上也不过是我国古代人民群众长期社会实践斗争积累的经验硕果和智力的结晶。

（四）历历呈现的深重罪孽

莎士比亚曾说过："智慧和仁义在恶人眼中看来都是恶的"

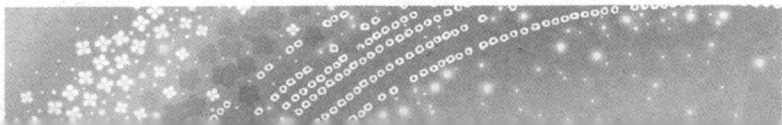

（《李尔王》第 4 幕第 2 场），而虚伪残忍的封建统治者也格外地嗜好干虚伪残忍的事。《三国演义》深邃的意蕴既有对仁德、忠义、智勇的颂扬，同时也有对丑恶、罪孽、黑暗腐朽的暴露和鞭挞。因为小说概括了较长时期封建社会统治阶级内部各个政治集团之间各种形式的斗争，通过评价这些斗争，肯定与否定了各个政治集团及其重要人物，反映了中国古代广大人民群众的某些情绪和愿望。所以作品意蕴的多样性和复杂性，及对罪恶批判的深度和广度都是不难看出的。小说第一回揭示了黄巾起义，社会动乱的根源是"桓帝禁锢善类，崇信宦官"，灵帝在位"宦官曹节等弄权"，"朝政日非"，"天下人心思乱"。地方军阀扩张自己的势力，残民以逞、窃权称雄。董卓是最先暴露野心家凶相的军阀，试看他独秉朝政的恶行：

> 自此每夜入宫，奸淫宫女，夜宿龙床。尝引军出城，行到阳城地方，时当二月，村民社赛，男女皆集。卓命军士围住，尽皆杀之，掠妇女财物，装载车上，悬头千余颗于车下，连轸还都，扬言杀贼大胜而回；于城门外焚烧人头，以妇女财物分散众军。

董卓为了进一步篡夺朝中大权，决定挟持皇帝从洛阳迁都长安。司徒荀爽提出迁都使"百姓骚动不宁"，董卓毫不掩饰自己的狼子野心，怒吼："吾为天下计，岂惜小民哉！"竟在光天化日之下洗劫洛阳城：

> 卓即差铁骑五千，遍行捉拿洛阳富户，共数千家，插旗头上大书"反臣逆党"，尽斩于城外，取金赀。

李傕、郭汜尽驱洛阳之民数百万口，前赴长安。每百姓一队，间军一队，互相拖押；死于沟壑，不可胜数。又纵军士淫人妻女，夺人粮食；啼哭之声，震动天地。如有行得迟者，背后三军催督，军手执白刃，于路杀人。（第六回）

董卓临离洛阳时将宫殿官府、居民房屋纵火焚烧，"二三百里，并无鸡犬人烟"，"尽为焦土"。董卓死后，其部下鹰犬李傕、郭汜自相残杀，在长安城混战，"乘势掳掠居民"，"但到之处，劫掠百姓，老弱者杀之，强壮者充军"。兵燹不断、战争频仍，倒霉的还是广大人民，他们背井离乡，衣食皆无，"饿莩遍野"。正如作者叹曰："生灵糜烂肝脑涂，剩水残山多怨血。"（第十三回）

继踵董卓而称霸的曹操，他逞凶作恶的方式要比董卓乖巧，智慧与仁义成了为他行凶服务的工具，他把"扶持王室，拯救黎民"的旗帜高高地举起，将"仁义"二字吵嚷得震天响，干的倒是封建统治者无一例外的罪孽。他为了报私仇，发誓要"悉起大军，洗荡徐州"，命令夏侯惇等先头部队"但得城池，将城中百姓，尽行屠戮"（第十回）。

战乱的年代，社会生产凋敝不堪，人民挣扎于苦难的深渊，封建统治者却从来不放过奢侈享乐。建安初年，昔日繁华富庶的两京之地，弹指间只剩下颓墙坏壁、满目蒿草。"洛阳居民，仅有数百家，无可为食，尽出城去剥树皮、掘草根食之"，又多死于废墟瓦砾之间。曹操拥兵自重，全然不管这些，拉着皇帝做资本移驾许都，为满足个人的威福，不惜劳民伤财、大兴土木，花费三年工夫造起一座铜雀台，其台左右分别建有玉龙台和金凤台，"各高十丈，上横二桥相通，千门万户，金碧交辉"。其台建成之日，

曹操"头戴嵌宝金冠，身穿绿锦罗袍，玉带珠履"，大宴文武百官（第五十六回）。封建统治者与任其宰割的劳苦大众相比，势同天堂与地狱之差。《三国演义》这样的描写虽然不多，但以此叫人自然想到了鲁迅的话："所谓中国的文明者，其实不过是安排给阔人享用的人肉的筵宴。所谓中国者，其实不过是安排这人肉的筵宴的厨房"。（《坟·灯下漫笔》）我们在小说集中描写的封建统治阶级内部斗争背后，仿佛看到了千百万人民在可怜地充当着他们不能没有的牺牲品。

作品在揭露封建统治阶级罪孽的过程中，还透发了一种令人痛心的消息。阴险狡诈的统治者总是利用老百姓的情绪，在不择手段地玩弄着唯利是图的把戏。百姓对杀人不眨眼的刽子手董卓恨得咬牙切齿，各地方的军阀就把自己伪装成反卓的代表，嘴里喋喋不休地讲着漂亮的言词，甚至慷慨激昂、痛哭流涕，拉起一干人马加入讨卓队伍，准备入伙分红，或浑水摸鱼，各自的心底都藏着不可告人的鬼胎。讨卓的"十八路诸侯"中，袁术"总督粮草，应付诸营，无使有缺"。但长沙太守孙坚愿为先锋攻打汜水关，将士奋勇直杀到关前。袁术生怕孙坚力量壮大，拒不按时发放粮草，终令孙坚军队乏食，不战自乱。华雄领兵杀来，孙坚士卒到处逃窜，大将祖茂命归九泉，这个江东猛虎变成了落魄之犬（第五回）。孙坚兵屯洛阳意外地在水井中捞得皇帝的玉玺，便与程普等商量决定背弃盟约，"速回江东，别图大事。"袁绍暗获密报向孙坚软硬兼施索取玉玺，孙坚赌咒发誓，一口咬定说没有，最后两家摊牌，险些动武，至此讨卓联军迅速瓦解（第六回）。孙坚为保住玉玺与刘表开战死于乱箭之下，袁术又以发兵救助为诱饵，将玉玺从孙坚之子孙策那里骗得，三番两次赖着不还。英国思想家弗兰西斯·培根说过："本性常常是隐藏着的……但很少能

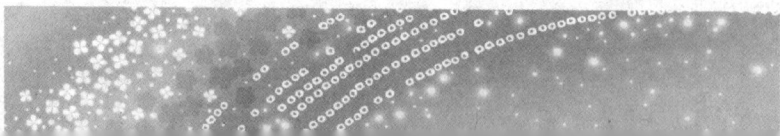

根除。"(《随笔集·论人生》)《三国演义》描写封建统治者形形色色的罪恶，总是自觉或不自觉地透过他们的鬼蜮花招，揭露其世人皆为己用的反动本性。他们驱使百姓攻城略地，用人民的鲜血生命耀武扬威。曹操偷袭乌巢烧了袁绍的粮草，马不旋踵追击袁军，一次杀了八万余人，血流在河沟里都漫了出来（第三十回）。袁绍为了给自己争面子，重振威风，纠合"二三十万，前至仓亭下寨"，到头来还是被杀得"尸横遍野，血流成渠"（第三十一回）。封建统治集团之间互相混战、互相吞并，为的就是一己私利，仰仗武力来实现家天下的野心。有时候他们也变换手法，以另种方式害人以树立自己的威严，消灭异己的力量。曹操杀祢衡而不沾血即是政治老手表演的把戏。

洁身自好，年方24岁的处士祢衡，就连"豪气贯长虹""文章惊世俗"的孔融都认为他是"淑质贞亮，英才卓跞""忠果正直，志怀霜雪；见善若惊，嫉恶若仇"（第二十三回）的人间奇士，"此人宜在帝左右"以备顾问，发挥其才智而为世用。他确实染有书生的狷介骨鲠、睥睨流俗的意气，但他绝不是阴谋家、野心家，不是能对曹操在政治上构成任何威胁的人物。只是他不能乖乖地听从曹操的驱使，"不作曹瞒之党"，便被视为绊脚石，必得清除而后快。然而曹操还要借刀杀人，收到一石双鸟的政治效果，用祢衡的命坑害自己的政敌。正如有人问刘表："祢衡戏谑主公，何不杀之？"表曰："祢衡数辱曹操，操不杀者，恐失人望；故令作使于我，欲借我手杀之，使我受害贤之名也。"后来曹操听说黄祖斩了祢衡，他付之一笑，说："腐儒舌剑，反自杀矣！"

曹操本来是祢衡悲剧的罪魁祸首，他倒把罪责抖搂得一干二净，同时想叫那些不识时务的书生慑服于他的淫威。棘手的是，世间最不易征服的则是人心，书生不会因统治者的屠戮而改变做

人的原则，这也是培根讲的那种"很少能根除的本性"。不是吗？孔融并没有从祢衡的不幸中记取教训，曹操独霸中原踌躇满志，正欲乘时扫平江南之际，曹氏身边的文臣武将拣自己主子喜听之言去描绘胜利前景唯恐不及。他却跳出来给主子泼冷水，说："今丞相兴此无义之师，恐失天下之望。"曹操叱退他，他还感到言犹未尽，激于忧患而仰天叹曰："以至不仁伐至仁，安得不败乎！"曹操对这种有碍树立自己权威的人是从不手软的，他"尽收融家小并二子，皆斩之"，仍觉未解心头之恨，"号令融尸于市"（第四十回）。小说写孔融是位体国恤民的封建社会的官吏，在"北海六年，甚得民心"，他的身家性命遭受残害，究其底细还是他的友人京兆脂习常常提醒他的那句话："刚直太过，乃取祸之道"（第四十回）。

孔融及其家庭的灭顶之灾，再一次说明了封建统治者总是要求他的臣民只能俯首帖耳地效犬马之劳，绝对不允许有半点的违迕和异言，否则毫不容情地赶尽杀绝。卖身投靠的许攸因说了一句自我表功的话，曹操不动一丝的恻隐之心就结束了他的性命。荀彧、荀攸之流竭忠尽智地替曹操卖力，稍微逆主子的心思则被弃之如敝屦。封建社会中大大小小的统治者有哪一个不是与曹操同出一辙？又有哪一个在改朝换代混战中的获胜者与曹操的本性存在质的差别？然而蜀主刘备倒是一个例外，这恰好反映了小说作者的一种思想倾向，梦想看到与曹操之类截然不同的封建统治者，一位仁慈宽厚、安邦救民的开明君主。实际上只是引发好心的人做美梦。

（五）"拥刘反曹"思想倾向解谜

刘备是罗贯中在小说里惨淡经营、精心刻画的重要人物形象

之一，作者在道德、政治、性格上全方位地对他不遗余力地加以美化，处处和曹操构成鲜明直截的对照，竟至形成了全书不能抹杀的拥刘反曹的思想倾向性。

其一，两人性格的比较。小说第六十回叙述刘备对西进攻取益州重大问题上的表态，高度概括了他和曹操两人性格的差异："今与吾水火相敌者，曹操也。操以急，吾以宽；操以暴，吾以仁；操以谲，吾以忠；每与操相反，事乃可成。若以小利而失信义于天下，吾不忍也。"简言之，宽仁忠义是刘备性格的本质特征，而曹操截然相反，诡谲欺诈、奸雄刁悍是其本色。

由人性的存在所决定的一个人性格集中体现于人和其他人的关系上。曹操和陈宫在逃难中得到吕伯奢的热情款待，是曹操心生猜忌杀了吕氏全家，明知错杀却只图个人安然无恙，再去砍死恩人吕伯奢。陈宫大为不满，责其"知而故杀，大不义也！"曹操理直气壮地道出了他的人生信条："宁教我负天下人，休教天下人负我。"（第四回）刘备栖止新野小县，曹操正欲自引大军鲸吞弹丸之地，生死存亡千钧一发。诸葛亮提出了趁刘表病危速取荆州以拒曹操主张，而且反复叮嘱，"今若不取，后悔何及！"刘备果断表示："吾宁死，不忍作负义之事。"（第四十回）两类不同的性格直接派生了各自的道德价值取向。

其二，道德相形见美丑。道德是一个人的行为准则，一旦道德被视为嘲笑的对象，那么干什么损人利己的事情都会无所顾忌而心安理得，小说里的曹操就是这号人。他拿人家的脑袋为自己的阴谋诡计派用场的处世原则，实在叫人不寒而栗、心惊肉跳。小说第十七回写曹操率十七万军队与袁术兵相拒月余，粮食将尽，形势严峻。仓官王垕请示曹操出主意，操令用小斛向各寨发放。王垕明知这将激变军心，后果不堪设想，但主子有令只好照办。

等各寨将士怨声四起的时候，"操乃密召王垕入曰：'吾欲向汝借一物，以压众心，汝必勿吝。'垕曰：'丞相欲用何物?'操曰：'欲借汝头以示众耳。'"不管王垕怎样申明自己无罪，曹操还是按照自己的思路把王垕脑袋揪下来悬挂高竿之上，以平息将士的怨怒。第七十二回说他"恐人暗中谋害己身，常吩咐左右：'吾梦中好杀人，凡吾睡着，汝等切勿近前'"，他放风之后，昼寝故意把被踹落到地上，引逗憨厚的近侍趋前为他盖被，他突然从床上跳起剑斩近侍，"复上床睡，半晌而起，佯惊问：'何人，杀吾近侍?'众以实对，操痛哭，命厚葬之，人皆以为操果梦中杀人"。

更有甚者，曹操从不放过任何机会来扫荡自己的反对势力。建安二十三年（218年），侍中少府耿纪和司直韦晃等人痛恨曹操奸恶行为，计划正月十五夜间城内大张灯火庆赏元宵之时，以放火为号起事诛杀国贼曹操。事败后，"曹操于教场立红旗于左、白旗于右，下令曰：'耿纪、韦晃等造反，放火焚许都，汝等亦有出救火者，亦有闭门不出者。如曾救火者，可立于红旗下；如不曾救火者，可立于白旗下。'众官自思救火者必无罪，于是多奔红旗之下。三停内只有一停立于白旗下。操教尽拿下于红旗下者。众官各言无罪。操曰：'汝当时之心，非是救火，实欲助贼耳。'尽命牵出漳河边斩之，死者三百余员。"（第六十九回）这纯粹属于宁肯错杀若干个无辜者，绝不漏掉一个反对派的刽子手的逻辑。小说描写曹操嗜杀成性的地方俯拾即是，因衣带诏案杀害汉献帝周围一伙人可算得上有代表性的一例。曹操用宴请众大臣饮酒的场面，当众给太医吉平施刑，并声称"为众官醒酒"，为解他心头之恨，砍断吉平九指之后又令割掉他的舌头，吉平凛然撞死阶下。曹操将国舅董承及王子服等五人，"并其全家老小，押送各门处斩，死者共七百余人。"（第二十四回）曹操仍"怒气未消，遂带

剑入宫"。他令武士处死董妃时,献帝以董妃身孕五个月为由请"丞相见怜"。伏后哀告:"待分娩了,杀之未迟。"操表示:"欲留此逆种,为母报仇乎?"遂令武士把董妃勒死。人性是道德之本,丧失人性的曹操是不可能把人性与人道放在眼里的。小说通过曹操的形象愤怒鞭挞历代封建统治者奸诈凶狠的滔天罪行。

作者刻画刘备形象则选用多种事例突出其仁君的高尚美德,这里既有身边的小事,又有关系千百万生灵的大事。刘备投靠刘表不久,赵云把谋反扰民的降将张武的坐骑夺来交给了刘备。刘备识得这是雄骏罕见的千里马,遂将此马送给刘表。刘表幕僚蒯越善于相马,认定这匹名叫"的卢"的良马,骑则妨主存在丧生的危险。刘表闻之而惧,把马还给了刘备。荆州幕宾伊籍出于关心刘备的安全,向刘备转述了蒯越的话,刘备只是表示感激对他的关爱,不想把马转给别人。事后刘备在新野小镇骑此马,化名叫单福的徐庶告诉刘备,他有一种妙法可免除此马妨主之祸。刘备请他指点,单福说:"公意中有仇怨之人,可将此马赐之;待妨过了此人,然后乘之,自然无事。"刘备听了气愤地说:"公初至此,不教吾以正道,便教作利己妨人之事,备不敢闻教。"(第三十五回)凡人皆知,生活中出现的祸福吉凶常常是对人道德的检验。刘备曾趁许昌空虚的机会,亲自引兵来袭,不料与曹操大军相遇,被打得七零八落,身边仅有关羽、张飞、赵云等数人跟随。刘备深情地说:"诸君皆有王佐之才,不幸跟随刘备。备之命窘累及诸君。今日身无立锥,诚恐有误诸君。君等何不弃备而投明主,以取功名乎?"(第三十一回)遇到困境首先想到部下的前程命运,其先人后己的品格感动得"众皆掩面而哭"。至于撤樊城不忍随行百姓遭难而欲投江自尽,陶谦三让徐州而固辞不受,徐庶因母遭难不予挽留,张松拜见则谦虚恭敬以礼相待,等等,都与曹

操构成对比，美丑善恶泾渭分明。特别让人回味的是，两人临终都袒露了各自灵魂的真实面貌，曹操"命诸妾多居于铜雀台中，每日设祭，必令女伎奏乐上食"，还有遗命安排在城外设疑冢七十二处，不让后人知道他的墓地，严防被人掘坟。这是极端自私者的自白，生前暗算人家一辈子，死后不得不防备被别人算计。刘备的人生体验却是另种境界，嘱咐儿子："勿以恶小而为之，勿以善小而不为。惟贤惟德，可以服人。"两种人物、异样灵魂，褒贬毁誉之中肯定了民族文化的道德价值标准。

其三，奸雄与英雄的政治色调。曹操和刘备同为镇压黄巾起义的政治暴发户，在群雄角逐中都大展长才，卓越侪类。如小说第二十一回描写曹操煮酒论英雄，他借着酒兴，评点袁术、袁绍、孙策、刘表、刘璋、张绣、张鲁、韩遂等所谓诸路英雄，逐一贬损之后，以手指刘备，接着又自指说："今天下英雄，惟使君与操耳！"英雄是一个历史的范畴，不同时代有着不同的理解。在曹操看来，能于杀伐和欺诈的尖锐复杂的搏斗中最终成为强者、胜者便是英雄。可见，曹操心目中的英雄和仁德不搭界，却与强权穿着连裆裤，自然扭曲为奸雄。曹操本人对此也很认账，小说开宗明义，第一回他刚露面就作了交代："汝南许劭，有知人之名，操往见之，问曰：'我何如人？'劭不答。又问，劭曰：'子治世之能臣，乱世之奸雄也'。操闻之大喜。"奸雄是与残酷社会相适应的时代骄子，曹操是自觉地充当乱世的骄子。他的政治基本色调是为填充永远也填不满的欲壑，调动封建统治者全套的斗争手段，不休止地干他所追逐的事情。小说第十回是描写曹操奸雄形象的转折点，他以东郡太守的资格和济北相鲍信共破青州黄巾，他略事要奸，则赚得降兵三十余万，捞到镇东将军的名爵。进而在兖州招来文臣武将，为扩张势力积攒了底垫，开始主动出击，讨袁

术、占徐州、擒吕布、灭袁绍、吞荆州、败乌桓，大破西凉、平定汉中，挟天子以令诸侯。其间他不受礼法约束，不顾廉耻身价，将权谋机诈和残暴专横紧密结合，有效地诛锄异己，实现自己的野心。作者用曹操许田射猎对献帝的侮慢不尊，及勒死董妃、杖杀伏后，以天子车服銮仪抖擞威风等情节，将他乱臣贼子的政治面目暴露无遗。作者那种痛恶和批判的态度，亦随着对曹操形象的塑造同步地趋于鲜明、强烈。

相反，小说却把刘备作为仁民济物的英雄来描写，他的政治基调是"汉室倾颓，奸臣窃命"之时，当"以天下苍生为念"（第三十八回），"上报国家，下安黎庶"（第一回），"匡扶汉室"。在军阀混战、社会裂变的东汉封建王朝末年，皇帝仍然没有完全丧失政权统一的象征意义，王道仁政更加成为百姓梦想的天下太平、安居乐业的一种清明政治。维护皇权、推行王道仁政几乎贯穿着刘备一生的行动之中，成为他终身担负的重大使命。由于曹、刘两人政治追求的定位之差，必然导致两人政治行为的对立。霍布斯说："欲望是无所不在的豺狼。"（《利维坦》第11章）曹操在个人欲望的驱动下时而装出宽仁爱民的姿态以蒙骗淳朴善良的老实人，时而施展狡诈的花招揩干手上的血迹，扮演百姓的保护神。事实上，他对天下的百姓暴戾恣睢，为所欲为。刘备却能够尊重民意，爱惜民命，以民心向背为依归，不因一时的得失成败而放弃这个原则。所以刘备的人马无论开赴何处，都是"纪律严明，秋毫无犯"，如遇灾情，则"开仓赈济百姓"（第六十五回）；在遭受战乱骚扰之地，即"招谕流散人民复业"（第二十一回）。老百姓也把他视为"仁慈之主"，他到了西川百姓扶老携幼，满路观瞻，"焚香礼拜"。

刘备安邦保民的政治追求一直被他周围的人所接受与坚持，

逐步发展成维系蜀汉集团的一面旗帜。刘备死后，诸葛亮举着这面旗，宵衣旰食勤奋治蜀，"两川之民，忻乐太平，夜不闭户，路不拾遗。又幸连年大熟，老幼鼓腹讴歌……米满仓廒，财盈府库"（第八十七回），创获了国富民强的升平景象。还是这面旗的指引，安抚蛮方，使孟获宗党"欣然跳跃"，感恩戴德，南疆从此稳固（第九十回）。既而北伐"攘除奸凶，兴复汉室"，不辜负先帝"临崩寄臣"的"大事"（第九十一回）。六出祁山虽没实现刘备心中平定中原、讨贼复兴的宏愿，但诸葛亮弥留之际告诫他的接班人姜维，仍是"竭忠尽力，恢复中原，重兴汉室"（第一百四回），给后主遗表的中心旨意不外乎是振邦兴国，"约己爱民"。小说作者对刘备及蜀汉集团政治理想的欣赏，同样体现了作品拥刘反曹的思想倾向。

总而言之，罗贯中塑造的曹操形象反映了封建时代的人民群众对暴君、暴政的深恶痛绝；而刘备的形象倒是人民群众渴望改变自己不幸处境，又找不到政治出路的情况下幻想出来的"仁政""仁君"的写照。从具体的历史环境来考察，封建统治者个个只能类似曹操而不会心同刘备，两者在群雄搏斗中皆为争王图霸，谁都要利用一切机会发展自己，消灭敌对势力。曹、刘两个对立的形象，实质上是现实生活与传统文化中美好理念的矛盾反映。民本德政、宽仁爱民、忠诚信义、救危济困、孝悌礼让，等等，是传统文化中心态文化层的重要理念。历代封建统治者总是将其当作装饰自己的光环，衣钵相传，翻新出奇，就连极端利己主义者的曹操，亦不忘以之相标榜，"把自己的利益说成是社会全体成员的共同利益，抽象地讲，就是赋予自己思想以普遍性的形色，把它们描绘成惟一合理的、具有普遍意义的思想。"（《德意志意识形态》，《马克思恩格斯全集》第3卷第54页）可是历史的客观

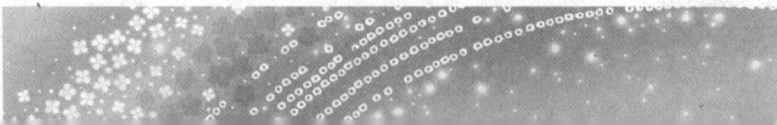

存在却是美好理念的异化，专制暴政、机变权诈、弱肉强食、贪婪残忍是封建社会起着支配作用的力量。人民群众对封建社会罪恶的愤怒与批判，不可能超越封建主义的历史范畴，他们无法摆脱现存的社会，只好在精神领域内挣脱环境的压迫，把希望寄托在超现实的理想之中。

《三国演义》拥刘反曹的思想倾向就是对封建社会种种罪恶的批判和否定，对人民群众理想价值观念的欣赏与肯定，这是文化属性及其调控功能在历史小说创作上的生动体现。因为文化是人类智慧的结晶，包含理念在内的精神创造是文化精髓的一部分，也是人的本质力量的显现形态。人民群众在封建社会中的美好追求，本质上所体现的即是关系现实社会"应当如何"的价值观念，是推动历史发展的内驱力。这也是曹操与刘备两个人物形象在今天依然具有认识意义和审美作用的文化因缘。无可否定，精神创造的机理是相当复杂的社会现象，拥刘反曹思想的形成更有它自身的多种因素和历史过程。直接影响小说创作的历史著作就存在着曹、刘孰为正统的问题，陈寿《三国志》尊魏为正统。东晋王朝偏安江左，习凿齿的《汉晋春秋》改蜀汉为正统。北宋司马光虽贬斥曹操为乱臣贼子，肯定刘备即使"颠沛险难而信义愈明，势逼事危而言不失道"（《资治通鉴》卷五十七），却还是把曹魏视作正统。南宋朱熹作《通鉴纲目》与司马光看法相左，明确以蜀汉为正统。清代史学家章学诚针对几经变化的原因做了深刻的阐述："陈氏生于西晋，司马氏生于北宋，苟黜曹魏之禅让，将置君父于何地？而习与朱子，则因南渡之人也，唯恐中原之争正统也。诸贤易地而皆然。"（《文史通义·文德》）《三国演义》的拥刘反曹思想不能说与封建正统观念没有瓜葛，同样也不必否认小说的拥刘反曹是一种浸润着民族思想感情的封建正统观念。从三

国故事流传直至长篇历史小说的诞生，中经民族矛盾异常尖锐、突出的宋、元时代，在社会心理长期驱使下，曾把企图重建汉朝而又偏处西南一隅的刘备集团当作汉族政权的象征，而将盘踞中原的曹操集团影射为金、元的政治力量。拥刘反曹糅进了借古讽今及民族反抗的情绪，陆游的"邦命中兴汉，天心大讨曹"诗句，就是正确理解这个问题的启扃之钥。

封建正统观念本是为封建王朝统治辩护的工具，它用一家一姓的"统"系强调现有政权的合法化，以消除一切"犯上作乱"的不轨行为。《三国演义》拥刘反曹则不能简单地认定是这种思想的变种。刘表、刘璋皆是"汉室宗亲"，只因没有刘备的美德而作者并不加以揄扬。孙权、曹操同是割据一方，但前者不像曹操凶恶奸诈，作者没有把批判的矛头指向孙权。而曹操其人从历史舞台进入小说世界，他酷虐奸诈性格的典型意义不断地为世人所关注与深化。我们姑且不说刘义庆《世说新语》、殷芸《小说》、裴启《语林》等这些实录名人"言语应对"（《世说新语·轻诋篇》刘孝标注）著述中的记载，但见距曹操不过六七十年的陆机评语："曹氏虽功济诸夏，虐亦深矣！其民怨矣！"（陆机《辨亡论》）便可推知贬曹的思想渊源久远，后来逐渐酿成民间情绪，为历代艺人和罗贯中挖掘贬曹的审美价值提供了多方的支持。所以，拥刘反曹的思想是在中国封建社会特殊历史阶段铸就的"合金"，是维护民族独立、反抗阴险残酷暴政和封建正统等思想感情的复合体，"三位一体"，兼观则全，缺一乃偏，这就是《三国演义》拥刘反曹思想倾向的谜底。

四、千钧笔力、淋漓翰墨绘制小说艺术奇观

《三国演义》思想内容博大精深，给人以多种多样的启迪，而且它丰厚的意蕴经过人类生活激浪不断地淘漉，将会继续发现新的精神宝藏，发挥更大的认识作用。因此，人们把它称为封建社会中百科全书式的作品、民族历史的启示录，恢宏壮阔、情深意远的历史画卷，一点也不为过。正如不断增值的传世画卷一样，《三国演义》的价值，是其题材内容、思想意趣、表现形式和艺术技巧诸多因素交织配合的效益。人们阅读作品所接受的思想陶冶与艺术感染，两者很难剥离，并有情感共振效力。欣赏文学作品总要说及它的艺术成就，原因就在这里。

（一）千姿百态、精彩绝伦的战争描写

《三国演义》叙事内容首屈一指的是战争描写。它几乎反映了自东汉末年到西晋灭吴，将近一个世纪内的全部战争生活。整部小说描述了40余次战役，上百个战斗场面，在古今军事文学作品中不仅表现战争绵延时间之长、发生次数之多、展示规模之大，是罕与其匹的，而且对于战争形式的千姿百态、施展计谋的千变万化、制约胜负因素千头万绪等方面的描写，亦是精彩绝伦、文坛独步，赋予了军事题材小说创作前所未有的认识价值和美学意

义。

其一，罗贯中以全景式笔墨在不同战役和各种类型武装冲突的具体描写中，形象而深刻地揭示了军事斗争的复杂性、特殊性和规律性，提高与丰富了人们对军事文学的鉴赏力。小说中三大主要战役就颇诱人探赜索隐。官渡之战、赤壁之战、彝陵之战分别决定着魏、蜀、吴政治集团的命运，成为三国形势发展进程的明显界碑，前后连为一脉则标示出三方鼎足格局，由趋成到失衡的轨辙。曹操与袁绍之间的官渡之战是在黄河流域展开的一次振荡整个中原地区的大战役，它以袁氏集团彻底崩解，曹操独霸北方而终结。其中白马之战、乌巢劫粮、官渡劫寨又是全部战程中双方实力与战略战术运用上的阶段性较量。双方起兵之初，小说于二十二回对袁、曹垒军事、政治、经济、自然等相关情况作了交代。从陈登与刘备谈话中清楚可见袁绍优势，"虎踞冀、青、幽、并诸郡，带甲百万，文官武将极多"，而且政治舆论也占上风，攻打曹操是"讨汉贼以扶王室"。袁绍部下记室陈琳的"伐操檄文"讲得更透彻，征讨曹操是维护"王道兴隆"的正义之举，而曹操是"赘阉遗丑""好乱乐祸"的"逆暴"，是天下共诛之的国贼。袁曹之战就实力对比亦属"以众克寡，以强攻弱"。然而袁氏集团的弊端同样显而易见。曹操读陈琳檄文"毛骨悚然，出了一身冷汗"，他仍清醒地认识到："有文事者，必须以武略济之。陈琳文事虽佳，其如袁绍武略之不足何！"言外之意，政治舆论的"文事"固然能令人产生畏惧之心、悚然之情，但铁腕人物更相信武力的作用。荀彧分析袁氏集团："兵多而不整，田丰刚而犯上，许攸贪而不智，审配专而无谋，逢纪果而无用。此数人者，势不相容，必生内变。颜良、文丑，匹夫之勇，一战可擒。其余碌碌等辈，纵有百万，何足道哉！"此所以得到曹操的赞赏，理由

就在于政治舆论抹不掉袁氏集团存在的招来厄运的致命伤。政治制约着战争，而战争是由多种复杂要素构成的社会现象，官渡之战的前景事先竟被荀彧言中了。

白马之战，袁氏集团内部的重重矛盾始见端倪。袁绍优柔寡断，不能审时度势，执迷于刘备鼓吹的"曹操欺君之贼，明公若不讨之，恐失大义于天下"（第二十五回）这类空头政治，结果闹得损兵折将，所幸还没有伤元气。乌巢劫粮是关系到官渡之战最终命运的一仗，战前双方谋臣沮授和荀攸对形势的看法，不谋而合：曹军无粮"利在急战"，袁军足粮"宜且缓守"。袁绍对正确意见置若罔闻，把沮授"锁禁军中"，堵塞言路。曹操识高一筹，急攻速战，争取主动。但战势发展瞬息万变，以七万曹兵与七十万袁军周旋，"自八月起，至九月终，军力渐乏，粮草不继"，以至曹操"意欲弃官渡退回许昌"（第三十回）。严峻的斗争时刻，曹操取荀彧之谋，实施出奇制胜的战术原则，在粮草军需上做起文章。袁绍接二连三地失误，又把许攸推向曹操的怀抱，乌巢劫粮水到渠成。失掉了乌巢屯粮，袁绍继信谗言，引发猛将张郃、高览的叛变，两人反戈一击，官渡劫寨接踵而来，袁绍一败涂地。作者在官渡之战相继出现的三大战役曲折复杂的斗争形势变化中，揭示了军事斗争的一个带有规律性的见解，指挥艺术在战争中具有特殊的作用，一军统帅战略战术的运用能力和主观能动性的发挥程度，对战争胜负的影响举足轻重。这在彝陵之战的描写中尤为集中、突出。

小说第八十二、八十三回写刘备伐吴出川之后，所向披靡，关兴、张苞连战连胜，潘璋、糜芳、傅士仁、马忠、范疆、张达均被杀死，甘宁阵亡，吴军前线将领韩当、周泰等人个个惴惴不安。这些扣人心弦的查无实据的夸张情节，是第八十四回描写刘

备指挥错误、陆逊烧营的反衬之笔，收到了抑扬兼施的表现效果。东吴起用陆逊为大都督，命令前线将领各守险要，不准出战，时至炎夏为避暑热和取水方便，刘备令营寨移于林木阴密之处。马良把蜀军扎下的营寨绘成图本送往在东川视察隘口的诸葛亮，想听听他的看法。诸葛亮览讫图本拍案叫苦，说："包原隰险阻而结营，此兵家之大忌。倘彼用火攻，何以解救？又，岂有连营七百里而可拒敌乎？"（第八十四回）果然不出所料，陆逊一把火几乎使刘备全军覆没。彝陵之战兵法的智慧主要反映在陆逊的指挥才能上，而刘备的错误根源在于骄傲自负，这与官渡之战袁绍因庸碌固执而栽跟头还不是一码事。作者借刘备之口写其心态，马良劝谏他说："陆逊之才，不亚周郎，未可轻敌。"刘备立刻驳斥："朕用兵老矣，岂反不如一黄口孺子耶！"马良见吴军乘高守险拒不出战，恐有谋略，提醒刘备当心。他却说得轻松："彼有何谋？但怯敌耳。向者数败，今安敢再出！"马良要把蜀军营寨分布图送给诸葛亮察看，他自夸："朕亦颇知兵法，何必又问丞相？"（第八十三回）刘备这种轻敌自傲的情绪倒颇似赤壁之战的曹操。

周瑜能够利用蒋干两使东吴，奇迹般地赚得老奸巨猾的曹操错杀水军将领蔡瑁、张允；误中黄盖苦肉计，轻信阚泽的诈降书；接受庞统的连环计，最后全盘输得精光。这并非是曹操谋略不足，身边缺乏智者，程昱、荀攸不是明确提出了船只连锁，如用火攻难以回避吗？曹操的病根还是骄矜自大，目中无人。他平定了北方，荆州不战而降，新野、当阳之战刘备被打得落花流水。步步得手令曹操头脑发热，自以为囊括四海、吞并天下之愿即将成为现实。官渡之战中他那副日夜惕厉、不遑宁处的神态已为踌躇满志、得意忘形所替代。战前他在月色之中置酒设乐于大船之上，欣然自喜地对众官说："吾自起义兵以来……誓愿扫清四海，削平

天下；所未得者江南也。今吾有百万雄师，更赖诸公用命，何患不成功耶！"他又指夏口盛气凌人地表示："刘备、诸葛亮，汝不料蝼蚁之力，欲撼泰山，何其愚耶！"（第四十八回）由此观之，官渡、赤壁、彝陵三大战役败北一方的问题均发生在全军统帅身上，从而揭示了这样的道理，战争胜负的命运总是与统帅的军事才能拴在一起，而其军事才能的发挥程度，却与盘根错节的多种因素紧紧纠缠。小说既写出了战争中带有普遍性的表现，又触及到每次战争的特殊性和复杂的背景。三大战役，袁、曹、刘的指挥失误都与固执己见、自以为是有关。但袁绍器浅气浮缺少统帅应有的素质；而曹操因胜利冲昏头脑，迫不及待地要攫得具有国色天香的"二乔"，以过上骄奢淫逸、颐指气使的霸王生活；刘备为弟复仇，意气用事，一意孤行。三者不同的因，却结出了相似的果。

战争是政治的继续，武力搏斗和政治攻势从来就是相互渗透、相互配合的，寻找战争失败的原因也需要查政治账。袁绍满足于政治上做书面文章，实际表现是政治糊涂虫，集团自我内耗，损己益仇，为敌手提供了可钻的空子。曹操在官渡、赤壁两次战役中都精心玩弄"挟天子令诸侯"的政治把戏，大唱"与国家除凶去害"（第四十八回）的政治高调。然而赤壁之战中，这个政治老手却在孙刘联盟强大的政治攻势面前吃了大亏。孙刘两家在共讨汉贼的政治方向上携起手来，又把关键人物的切身利益和讨伐汉贼的事业挂钩，使政治攻势有了坚实的心理基础。诸葛亮用曹操欲夺二乔"以乐晚年"来激周瑜下定破曹的决心，和鲁肃劝孙权抗曹的理由："如肃等降操，当以肃还乡党，累官故不失州郡也；将军降操，欲安所归乎？位不过封侯，车不过一乘，骑不过一匹，从不过数人，岂得南面称孤哉！"（第四十三回）类此皆是

灵活而切实的政治动员，它潜在着巨大的合力，是可以产生战斗力量的精神依托。《三国演义》全面深刻地反映军事斗争的复杂与神秘、特殊与共性，这是令人叹赏的重要方面。

其二，《三国演义》描写战争是经过作者精心设计的一个严密有序的叙事系统，明显表现了超常的艺术创造性，令人叹为观止。全书围绕官渡、赤壁、彝陵三大战役为中心，以虚实、正侧结合的笔墨，把大中小不同规模与类型的战争组接为相对独立的系列，波澜起伏、跌宕生姿，又前后粘合，形成一个灵动有机的艺术整体。郑铁生在《〈三国演义〉艺术欣赏》一书中对此作过精心的剖析，读后犹如鸟瞰小说中头绪繁多的战争描写，顿觉脉络清晰、全貌在胸。如果分别以三大战役为主脑，各自环套成相对独立的链条，那么官渡战役系列，从头说起是东汉末年官军应诏征剿黄巾军的战争。作品头回已写黄巾军各路主力遭到镇压，而遍及地方州郡的黄巾军屡仆屡起，到小说二十六回还说："汝南有黄巾刘辟、龚都甚是猖獗。曹洪累战不利，乞遣兵救之"，这时白马之战进入了尾声。但是征剿黄巾军和官渡之战没有直接的因果关系，其意只昭示读者，王朝腐败引发黄巾军造反，地方豪强利用镇压黄巾军捞取政治资本，发展个人势力，拥兵自重割据一方。董卓是最早暴露野心的军阀，他与朝廷内外罪恶势力勾结，变为独揽朝政的天下罪魁祸首。十八路诸侯讨董卓，虽与征剿黄巾军之战性质截然不同，后者倒是前者滋生的恶果，也是国家内战的升级，成了军阀们野心膨胀，萌发"别图大业"，甚至问鼎之念的催化剂。从此豪强火并、军阀混战，一发而不可收拾，在兵燹日炽、硝烟弥漫中拉开了三国鼎立的序幕。讨伐董卓的过程出现不少动人心魄的战斗场面，如孙坚激战汜水关，关羽温酒斩华雄，刘、关、张三英战吕布，曹操追击董卓，均写得情貌生色、引人入胜。

与讨伐董卓之战有着瓜葛的军阀间摩擦，也此起彼伏。刘表截击孙坚讨玉玺，袁绍与公孙瓒磐河厮杀，李傕、郭汜叛乱袭长安等，搞得国无宁日，百姓不得安生。而军阀则是处心积虑地寻衅开战，扩大自己的势力范围，曹操强加罪名袭徐州，张邈乘虚破兖州等皆归这类战事。处于强凌弱、大奸小的军阀纷争局面，曹操武攻文斗、兼施并用，迅速崛起壮大。当汉献帝被那李傕、郭汜叛军追打得焦头烂额之际，曹操采取"奉天子以从众望"的"不世之略"（第十四回），保护皇帝"车驾幸许都"。这是曹操建立霸业的转折点，是决定他命运的一招棋。自此以后，他握着皇帝的挡箭牌，冲着独立山头的几股势力奔突杀伐、个个击破。于是，先后发生了败袁术、灭吕布，招安张绣、驱逐刘备，为官渡之战与袁绍在中原争雄扫清了道路。简言之，以平定中原为归宿，宛转相生的大小战争套接成串。按其辐射和影响的大小为尺度，官渡之战应定位在这个系列的最高层次；官军征剿黄巾军，李傕、郭汜作乱，各路豪强间混战，则是最末一档；而曹操捣毁袁术、消灭吕布、吞噬张绣、驱散刘备势力，可算作是中间的层次了。

与官渡之战系列相比，赤壁之战和彝陵之战系列各有自己的特殊性，而且两者环套，其临界区有着两属的性质。赤壁战役系列的发端是曹操攻打刘备的新野、当阳之战。两战败北的刘备走投无路，曹操威逼孙权投降，这为孙刘联合抗曹造成了形势逼人的外部条件和历史选择的机遇，这两战是本系列的第三层次。三方抢占荆州，刘备攻取西川的战争，背景比前者复杂，历史地位亦不能相提并论。它们连同赤壁之战最终形成了鼎足而三的均势，天下三分是其共振效应的结果，在层次上低于赤壁决战，却高于决战前奏的新野、当阳之役。曹操离间韩遂、马超，平定关西之战和曹刘争夺汉中的军事较量，是维持和巩固三国均势的战争，

它们虽脱离了赤壁之战系列，其牵涉的问题却较深广，包蕴的意义远胜于那种称作第三层次的战争。关西韩、马的势力不足以倾覆曹操，但有钳制之效。周瑜劝谏孙权抗曹时指出："操今此来，多犯兵家之忌：北上未平，马腾、韩遂为其后患"（第四十四回）；徐庶在军中传言西凉州准备谋反，杀奔许都，曹操闻之大惊，急聚众谋士说："吾引兵南征，心中所忧者，韩遂、马腾耳。"（第四十八回）这些都证明平定关西对三国局势非谓无足轻重。曹刘争夺汉中要地更是与鼎足格局相系，汉中毗连曹刘双方势力范围，南是益州、北为雍州，是两者共用的门户和屏障，汉中大战谁也不会善罢甘休。刘备为此主动向东吴割让江南三郡，赢得了孙权的配合，使其出兵江北与曹操展开了一场合肥之战。此役以双方罢兵告终，实为汉中大战的派生之仗。紧跟汉中争夺战而来的是三方参与的襄樊之战，它上承赤壁之战的续篇抢占荆州的战争，下启三大最高层次战争之一的彝陵之战，就一定意义上说，使全书的战争描写以成其链条，以成其表现战争的艺术大系统。襄樊之战的结束为吴蜀争夺荆州带来了一个句号，而它引出的彝陵一仗竟叫鼎足均势开始倾斜。其后的安居平五路，七擒孟获，六出祁山，九伐中原，蜀汉集团拿出了全部的解数亦无力回天，坡在不停地往下滑，直到邓艾、钟会灭蜀，算是滑到了谷底。彝陵之战系列的态势可以说襄樊之争是伏脉，曹魏灭蜀是终结，其间的七擒孟获、九伐中原皆属第三层次的战争，都植根于六出祁山之役，只不过枝条旁逸的位置不同罢了。西晋灭吴是分久必合的战役，与小说前部分写军阀割据纷争相呼应，似乎历史在战争的拉动下实现了一个圆圈运动。

不过，让人惊叹的是在战争描写的大系统中，犹如因峰回路转而呈现的瞬息万变的迷人景象似的：时而两军对垒、剑拔弩张，

时而金戈铁马、气吞山河，时而运筹帷幄、妙计迭出，时而单枪独骑、冲锋陷阵、夺关斩将。斗争手段与形式因地制宜，随时应变：有马战、车攻、火烧、水淹，有单一型较量以决雌雄，有复合型的打法，互相交叉，制服敌手。整体战术的运用更是巧智百出、新人耳目，真是"无穷如天地，不竭如江河"（《孙子·兵势》）。或是攻城略地、设伏劫营，或是围城打援、击其必救，或是"以逸待劳、以饱待饥"，或是攻心为上、先声夺人，或是"前扼其亢、后拊其背"。变化无穷却变中寓有不变之理，即是"善战者，立于不败之地，而不失敌之败也"（《孙子·军形》）。作者精心地把每场战斗、每次战役合理地编织成一个艺术审美的大系统，其中旁见侧出，虚实映衬，环环相扣，巨细得体，使得各个环节上无论是小搏斗、大征战都写得自具特色，毫无雷同。笔路圆熟，触处生辉，读过之后不禁啧啧称羡，不愧千古一绝。

其三，战争过程的描写时插"闲笔"，冷热相济、弛张迭乘，开创了军事文学审美的新天地。《三国演义》描写战争过程不管是从大系统来考察，还是对具体环节的评价，都绝少有平铺直叙的交代、呆板单调的叙事，而是在紧张激烈的斗争中节外生枝、故作推宕，非但形成了写战事的波澜和旋律，而且读者的审美心理必须与恰当的艺术节奏合拍共振，才能发生强烈的美感效应。清代毛宗岗评点小说时曾领悟了这种妙道，如小说六至七回写因玉玺"孙坚匿、袁绍争、刘表截"，惹得孙刘两家立马展开了一场恶战。袁绍屯兵河内，由于粮草缺乏巧借公孙瓒之力谋得冀州，酿成袁绍与公孙瓒激战磐河。豪强之间争雄逞威的刀光剑影方歇，嗣响而来的是司徒王允和貂蝉策划连环计，以芟夷董卓的邪恶势力。因此作者笔下别开生面，"以衽席为战场，以脂粉为甲胄，以盼睐为戈矛，以颦笑为弓矢，以甘言卑词为运奇设伏"（毛宗岗

语，见《三国演义的政治与谋略》第 11 页，三环出版社，1991年）。作品前后章回从内容到风致两相比照，映带生趣，如毛氏所言："前卷方叙龙争虎斗，此卷忽写燕语莺声，温柔旖旎，真如饶吹之后，忽听玉箫，疾雷之余，忽见好月，令读者应接不暇，今人喜读稗官，恐稗官中反无如此之妙笔也。"（同上）毛宗岗的话贵在充分肯定了冷热相济之法，为《三国演义》带来了小说创作的独特的美学功能。

毛氏也注意到了作者于描写战争的大系统与局部链环上色彩情味的调剂。刘备得知蔡瑁想谋害他，急乘的卢马驰至檀溪边，千钧一发之际骏马跃溪而过，"迤逦望南漳策马而行"，来到隐者司马徽的生活环境，他顿感人生的另一番滋味。于是毛氏就小说的变化笔调在三十五回首总评里指出："玄德于波翻浪滚之后，忽闻童子吹笛，先生鼓琴，于电走风驰之后，忽见石案香清，松轩茶熟，正在心惊胆战，俄而气定神闲，真如过弱水而访蓬莱，脱苦海而游阆苑，恍疑身在神仙境界矣！"（同上，第 59 页）推而广之，小说笔锋一转令三十五回煞尾处新野之战的硝烟突起，接下来曹刘争夺樊城的喊杀声犹在耳畔萦回，转而出现在读者面前是卧龙岗秀丽幽静的自然风光和闲逸旷达的人物情貌。正当读者悠然神往沉浸在这清韵古雅的人文环境之时，雷震霆击的战斗场面又不期而至，自周瑜与黄祖的夏口激战，到曹刘双方长坂坡的生死搏斗，紧张得叫人喘不过气来。

联系不同章回内描写战争过程穿插"闲笔"的各种情境，很自然地使人认识到"闲笔"不闲，它乃是深化战争描写的必要手段和富有创意的技巧。如果赤壁鏖战的整个进程，没有周瑜和蒋干久别重逢的故友饮酒作歌，醉态狂放，就不会生发出曹操误杀蔡瑁、张允和东吴巧用的反间计。没有庞统栖止荒山草舍挑灯夜

读，东吴连环妙策的实施也成了无稽之谈。同样，战前短暂的平静，出现曹操站立船头对月吟诗带有抒情色彩的插曲，为他骄矜自大，谋略失误，乃至一败涂地的原因埋下了一个根苗。像这类看似与描写战争本身脱节，实则正是揭示战争复杂性的表现艺术，拉动战争进程逐步深入的有效助力。描写战争中间安排的其他活动，还有着别的妙用。当官渡之战已经拉开序幕，曹操围剿徐州急不可待之时，作者于峻急中故作回荡之姿，插入一段狷介高才的祢衡尽情奚落曹氏集团的文臣武将，赤身裸体骂曹操是："汝不识贤愚，是眼浊也；不读诗书，是口浊也；不纳忠言，是耳浊也；不通古今，是身浊也；不容诸侯，是腹浊也；常怀篡逆，是心浊也！吾乃天下名士，用为鼓吏，是犹阳货轻仲尼，臧仓毁孟子耳！"荀彧斥他为"鼠雀之辈"，他反唇相讥："吾乃鼠雀，尚有人性；汝等只可谓之蜾虫！"作者还不厌其详地补叙了黄祖杀死祢衡之因，他称黄祖："汝似庙中之神，虽受祭祀，恨无灵验！"（第二十三回）夹在战争系列中间的这种笔墨，固然如音乐之有休止，书法显露的飞白，能够调节读者的兴味，另有不容忽视的功用是为军事文学着上可贵的人文色彩，使人感受到干戈硝烟、杀戮暴行只能扭曲人性，却无计铲除社会对人文精神的依赖。曹操火急赴汉中，路过蓝田蔡邕庄还和杨修津津乐道曹娥碑文。蜀吴重修盟好，在殷勤谨慎地礼待东吴来使张温的饯宴间，秦宓尚高谈阔论，引《诗经》以征己之"天辩"，为弱蜀争得尊严。这些笔墨的人文气味很浓，《三国演义》战争描写意蕴的厚重感，舍此则不可思议。

（二）老辣遒劲、其丽在神的人物形象刻画

　　《三国演义》是我国古典小说中出场人物最多的一部作品，全

书勾勒出四百多个人物形象。如果把凡是有姓名者均计算在内，则几乎接近千人。其中有相当数量的人物，面孔鲜活，特征突出，早已深入人心，成为几百年来人们津津乐道的艺术审美形象，和品味人生、感悟社会的精神资源。如毛宗岗《读三国志法》所称述的"古今来贤相中第一奇人"诸葛亮，"古今来名将中第一奇人"关羽，"古今来奸雄中第一奇人"曹操。除这三个分别被视为"智绝""义绝""奸绝"的人物之外，毛宗岗还感慨颇深地说："然吾自三绝而外，更遍观乎三国之前，三国之后，问有运筹帷幄如徐庶、庞统者乎？问有行军用兵如周瑜、陆逊、司马懿者乎？问有料人料事如郭嘉、程昱、荀彧、贾诩、步骘、虞翻、顾雍、张昭者乎？问有武功将略迈等越伦如张飞、赵云、黄忠、严颜、张辽、徐晃、徐盛、朱桓者乎？问有冲锋陷阵、骁勇莫当如马超、马岱、关兴、张苞、许褚、典韦、张郃、夏侯惇、黄盖、周泰、甘宁、太史慈、丁奉者乎？问有两才相当，两贤相遇如姜维、邓艾之智勇悉敌，羊祜、陆抗之从容至镇者乎……"真是好像"入邓林而选名材，游玄圃而见积玉，收不胜收，接不暇接，吾于三国有观止之叹矣"（见《三国演义的政治与谋略》第10、11页）。毛氏主要以封建文人的社会学观念把小说里的人物归类称赏，给人以开径独行、烂然生新之感。其实《三国演义》人物形象的魅力，在很大程度上是作者抓住历史人物的主要性格特征，吸取历代民间艺人积蓄的成果，活用各种表现技巧，创造出一大批具有特征化性格的艺术典型。他们在我国古代文学的人物画廊中是一组独标风采的审美形象，因为他们大都是性格既鲜明突出又比较单一而稳定，其主要特征支撑着整个形象，犹如古典式的雕塑于静穆的状态中给人一种单纯、和谐、崇高的美感。长期以来，评论家普遍称他们为类型化的典型，或说是有着"类"意义

的特征化艺术典型，认为人物性格的刻画没能触及理智与情感的冲突、主要特征与次要特征的矛盾和现象与本质的矛盾，好像我国戏曲中程式化、脸谱化的表现方法，容易产生明朗、强烈的印象，而今天的读者却感到缺少欣赏趣味的厚度。如果我们客观地从文学艺术发展的历史来衡量，则罗贯中的艺术创新之举功不可没。我们民族的审美实践早已证明，作者塑造的人物形象不仅适应了古代读者的审美心理，而且起着很大的导向作用；作者运用的艺术技巧至今也是值得借鉴的。

第一，以事写人，结合具体事件表现人物性格特征。小说是叙事文学，一部作品通常是选取一个或几个典型事件，在递相连续、纵横交织的广大事件网络中划定一个段限来，使之成为"独立自足的世界"（朱光潜《谈文学·选择与安排》）。《三国演义》是军事题材的历史小说，叙事的段限是由固定的历史时期决定的，叙事的内容以军事斗争为主。描写战事就成了刻画人物的重要手段之一，而人物活动及其存在的关系又使得战争描写更为具体生动，二者相辅相成，是《三国演义》对小说表现艺术的一大创新。如官渡、赤壁、彝陵三大战役的主要参与者，个个历历在目，呼之欲出，在人物关系和战事的发展变化中融合着人物的性格。袁绍为一方统帅，与曹操逐鹿中原，当曹操攻吕布、剿刘备之时，不能以全师袭曹操的老巢许都已经丧失了良机。然而起四州人马七十余万驻屯官渡坚拒曹军于前，倘若以偏师袭许都断曹军于后，即使曹操不败也断不可取胜。战事因袁绍失误朝着有利于曹操的方向深入地发展，而袁绍其人志大才疏、庸而无谋的特征也逐渐暴露出来。他部下谋臣中的佼佼者有田丰、沮授、许攸、郭图，而田丰直言进谏竟被投入狱中，沮授献策反遭囚禁，"见审配罪许攸之书"，便认为许攸袭许都之谋是"作奸细"，听郭图诬陷之

语，迫使张郃、高览投降曹操。在多重复杂的人际关系中，袁绍疑神疑鬼、浮躁寡断的性格大白于天下。同时，田丰、沮授的忠义，郭图、审配的自私也得到了表演。叙战事、写人物，一箭双雕、两全其美。

赤壁之战涉及的重要人物当中，周瑜的复杂性格表现得淋漓尽致。他对曹斗争妥善地部署了"苦肉计""诈降书""连环计"，显示了英才将略；而对诸葛亮却几次设计谋杀，暴露了他的心胸狭隘、忌才妒能的特点；对老将程普的傲慢能克己谦恭，坦诚相见，展示了尊长礼贤的雅量大度。在赤壁之战的人物关系网里，诸葛亮的智、鲁肃的诚、蒋干的愚、黄盖的忠、曹操的骄横狂妄和刚愎自用、孙权的临危不乱和沉着雄健的性格特征，相映生辉。不同人物的活动又把战争各方联系起来，全面地呈现出战争的势态变化。由人生事，人在事中，风神情貌，如在读者眼前。彝陵之战，重点写东吴军事新秀陆逊，他受命于危难之时、败军之际，上任后果断改变孙桓的单纯防御策略，采取坚守待变的方针，诱发刘备的战术错误，准确无误地抓住了蜀汉出现的骄兵、疲兵的弱势可攻的空隙，以迅雷不及掩耳之势，将刘备的七十多万大军几乎全部葬送于七百里连营的火海中。大获全胜并没冲昏青年将领的头脑，进兵离夔关不远的鱼腹浦，尝到诸葛亮石阵的威力后，年轻气盛的统帅主动班师，以防曹魏侵犯。可见一位谙熟兵法、深谋远虑又少年老成的军事家陆逊的形象，连同彝陵之战牢牢地嵌在人们的心里。

小说用事写人不是专指在战斗中刻画人物形象，政治、外交、用人、理天下等各类事情均离不开对人物形象的描写。不过，传神之笔通常是出现在广阔社会背景下的充满矛盾斗争的具体场面，从某个侧面挖掘人物的精神世界，揭示其性格特征。比较有代表

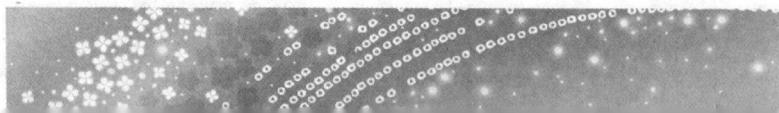

性的例证是：邓芝不辱使命，重修吴蜀两国之盟；赵云截江跳于吴船上夺回阿斗；关羽应鲁肃之邀，只驾扁舟单刀赴会；曹髦不甘坐受废辱，驱车前往云龙门讨伐司马昭；羊祜镇守襄阳，陆抗兵屯江口，两军对垒各以修德固防，等等。神貌各异的人物形象在这些扣人心弦的场景里真是活灵活现，令人触目感怀。不错，有效地发挥以事写人的表现腕力，所选择的事或是具有典型性的细节，或是富于传奇色彩的故事，使用笔墨不多却能逼真地在一种情境中写出一个人的性格。

第二，善用夸张、对比、烘托等艺术技巧塑造带有特征化性格的人物形象。《三国演义》借人物自身的言行及特定的氛围将其思想性格特征加以浪漫主义的夸张渲染，这样的事例可以信手拈来。小说第四十二回"张翼德大闹长坂桥"，只以张飞"声如巨雷"的三次大喝，就吓得曹操"诸军众将一齐望西奔走"，"人如潮涌，马似山崩，自相践踏"，而张飞威武勇猛的性格也随之跃然纸上。作者刻画关羽形象更是多处妙笔生新，夸张渲染得奇矫老练。小说第五回写"关羽温酒斩华雄"，先创造了特殊的气氛，华雄用长竿挑着孙坚的赤帻来寨前大骂挑战，接着连斩俞涉、潘凤两将，"众皆失色"，而袁绍又空叹"吾上将颜良、文丑"可惜都不在场。写足了大敌当前人人慑栗、一筹莫展的情势，突然绝处逢生，"阶下一人大呼出曰：'小将愿往斩华雄头，献于帐下！'"袁术但以关羽是马弓手叱喝："安敢乱言！与我打出！"经曹操说服，和关羽一再请战才得以出阵，与华雄交手。至于战斗场面关羽武艺如何高强，华雄怎样被斩未涉一语，反从虚笔取势，"众诸侯听得关外鼓声大振，喊声大举，如天摧地塌，岳撼山崩，众皆失惊。"关羽提着华雄的脑袋回来，曹操在战前叫人给关羽酾热的一杯酒尚是温的，可谓夸张渲染得十分美妙。第七十五回描述关

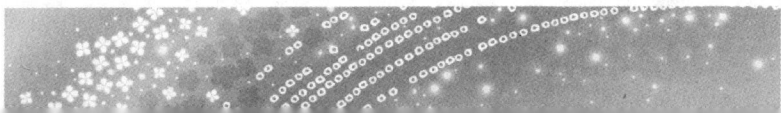

羽"刮骨疗毒"，将这种手法推向了极至。名医华佗动手术之前便指出箭伤的严重非同寻常，有乌头药毒"直透入骨"，两次提醒关羽治疗手段"但恐君侯惧耳"。关羽不仅没有把华佗的话放在心上，而且拒绝将自己的胳臂套在柱环里，用被蒙上脑袋进行手术。故事情节到此，已让读者为关羽的手术提心吊胆了。然而出乎预料的是，关羽一面与马良下棋，一面"伸臂令佗割之"。"佗乃下刀"割开皮肉露出骨头，尖刀刮骨发出窸窣之声。作者马上用比衬之笔渲染："帐上帐下见者，皆掩面失色。公饮酒食肉，谈笑弈棋，全无痛苦之色。"手术刚刚完毕，关羽则大笑而起，毫无痛意。华佗为之惊叹："某为医一生，未尝见此。君侯真天神也!"这里以正面勾勒关羽神态的同时，利用目击者的反应，特别是华佗于手术前后道出的话，使得关羽顽强刚毅、豪壮无畏的性格在夸饰心惊肉跳的一场手术中充分地表现了出来。小说写曹操奸诈，刘备仁爱，诸葛亮睿智，司马懿老谋深算，许褚、马超等众多战将的剽悍骁勇等，都在不同程度上使用了夸张渲染的笔墨。

小说以对比、烘托手法刻画人物形象的地方亦是信手拈来，奇文可喜。毛宗岗深悟对比、烘托表现手法的审美意义，他在《读三国志法》和不少的回首总评中就是如法地鉴赏小说作品的。像毛氏给曹操的奸雄身份定位，说他是我国古籍史册里相继出现的奸雄当中，"智足以揽人才而欺天下者莫如曹操：听荀彧勤王之说，而自比周文，则有似乎忠；黜袁术僭号之非，而愿为曹侯，则有似乎顺；不杀陈琳，而爱其才，则有似乎宽；不追关公，以全其志，则有似乎义。王敦不能用郭璞，而操之知人过之；桓温不能识王猛，而操之知人过之。李林甫虽能制禄山，不如操之击乌桓于塞外；韩侂胄虽能贬秦桧，不若操之讨董卓于生前。窃国家之柄，而姑存其号，异于王莽之显然弑君；留改革之事，以俟

其儿，胜于刘裕之急欲篡晋，是古今来奸雄中第一奇人。"（《读三国志法》）毛氏多重对比的详论技巧与《三国演义》相较，如出一辙。他在第三十一回的回首总评提到了小说对袁绍和曹操两人言行前后的对比描写。"孟德既胜乌桓，曰：'吾所以胜者，幸也。前谏吾者，乃万全之策也'。遂赏谏者曰：'后勿难言'。本初败于官渡，曰：'诸人闻吾败，必相哀，惟田别驾不然，幸其言之中也。'乃杀田丰，为明主谋而忠，其言虽不验，而见褒；为庸主谋而忠，其言虽已验，而见罪。何其不同如此哉！"

　　小说前后映衬对比突出人物个性差异，几成融贯全书的写法。第十一回"吕温侯濮阳破曹操"，表现吕布勇而无谋；第五十八回写潼关之战，马超驰骋疆场勇猛强悍不逊吕布，但他能认准曹操紧追不舍，逼得曹操割须弃袍，精明机智的禀赋是吕布所不具备的。再如第五十三回关羽攻打长沙义释黄忠，表现出他的高傲自负；而第六十三回中张飞攻打巴郡义释严颜，表明他粗中有细的性格已经成熟。从全书看，刘备的仁慈善良、宽厚爱民的品格总是与曹操的阴险狠毒、冷酷自私对照来写的。诸葛亮光彩夺目的形象，更是由多角度、多侧面的许多人物映衬比照塑造成的。如周瑜虽然是富有雄才大略的英雄，但在对待诸葛亮的态度上暴露出器量狭小、忌才妒能的特点。相反，诸葛亮却表现出沉着老练、精细果敢的性情，赤壁之战中始终掌握主动权，保持联盟抗曹。大战结束局势有了新变化，诸葛亮反客为主，将计就计步步紧逼，搞得周瑜心劳日拙，临终之际长叹抱恨苍天之语："既生瑜，何生亮！"而诸葛亮"智多星"的本色也为读者所认同。曹魏的司马懿是诸葛亮后期的劲敌，是得力的比衬人物。他的见识手腕、老奸巨猾的谋略是周瑜不能与之比拟的。然而经过与诸葛亮的严峻较量，他只好认输："吾不如孔明也。"（第九十五回）诸葛亮既

死还出现"死诸葛吓走生仲达"的情节，司马懿见到蜀军的安营下寨之处，再次赞叹诸葛亮是"天下奇才"（第一百零四回）。

如果说周瑜、司马懿是以敌对营垒的人物来比衬诸葛亮，那么庞统则为用同一集团内的英才去美化诸葛亮的强中自有强中手的光辉形象。小说第三十五回司马徽曾对刘备说："伏龙、凤雏，两人得一，可安天下。"这位唤作凤雏的庞统在赤壁之战中因谋施连环计使曹军遭致惨败，展示了他的超凡才略。投奔刘备后，过了一段时间受到赏识，建议攻取西川，直接参与军事指挥，表现出足智多谋的超常本领。可惜他不听诸葛亮的劝告，轻举冒进，造成了落凤坡中箭身亡的不幸结局。究其原因，不排除庞统"疑孔明之忌己，欲功名之速立"而产生的躁进之心。庞统之死给蜀汉集团带来了不可弥补的重大损失，"庞统若不死，则收川之事委之庞统，而孔明可以不离荆州。纵使抚川之事托之孔明，而荆州又可转付庞统，虽有吕蒙、陆逊，何所施其诡计哉？故凡荆州之失，与关公之死，不关于吕蒙之多智，陆逊之能谋，而特由于庞统之死耳。然则谓孔明之哭庞统，即为关公哭也可，即为荆州哭也可！"（毛宗岗语，见《三国演义的政治与谋略》第119页）显然，诸葛亮的远见卓识、经略长才在周瑜、司马懿、庞统等的映衬和对照下，声光大耀，峰峦俊拔。

第三，小说中主要人物的性格是经过多层面的反复强化与深化，进行高度的艺术概括，使其趋于复杂化和个性化。曹操、诸葛亮、关羽、刘备、赵云、周瑜等艺术形象的刻画就是不断精心皴染而充实丰满起来的。曹操一出场，作者用他儿时佯装"中风之状"诓骗叔父的诡诈之举，印证他"有权谋，多机变"，这是他终生性格发展的逻辑起点，由此衍生出奸雄特征的丰富内涵。小说表现他的奸诈较有代表性的情节是第十七回中，麦熟季节他

率兵讨伐张绣，下令"大小将校，凡过麦田，但有践踏者，并皆斩首"。不料，曹操骑的马忽为田中鸠鸟所惊，窜入田内践坏一片小麦。曹操立即唤来行军主簿治他的罪。主簿不赞同议罪，他竟欲拔刀自刎，表示以身殉法。经众人急忙救止，他却演了一出割发权且代首的闹剧。第三十回描述官渡之战，曹操得知许攸来投靠他，他"不及穿履，跣足出迎，遥见许攸，抚掌欢笑，携手共入"，"先拜于地"，看着是肝胆相照、至诚相待。然而这全是演戏，等谈及军粮实情，曹操则瞪着两眼说谎话，哪知人间有羞耻二字呢。打败袁绍后于其军营"图书中检出书信一束，皆许都及军中诸人与绍暗通之书。左右曰：'可逐一点对姓名，收而杀之。'"曹操一反常态，表示："当绍之强，孤亦不能自保，况他人乎？"命令尽烧书信，不许追究。但是曹操心里明白，袁绍虽败，其势还相当强大，自己只能伪装宽宏大量，暂时稳定内部。第三十三回写曹操追讨袁谭兵至南皮，时逢天寒河冻，粮船不能行。他令本地百姓敲冰拽船，百姓闻令逃窜，气得他"欲捕斩之"。当百姓怕被追捕杀害，有的自投曹营，他倒亮出了菩萨心肠告诉百姓："若不杀汝等，则吾号令不行；若杀汝等，吾又不忍；汝等快往山中藏避，休被我军土擒获。"好人由他做，恶名让人担。百姓没看透狐狸的心，皆感动得流泪而去。事后百姓被捉，只能怪自己笨拙，隐藏的水平不高。第六十九回记叙了曹操镇压耿纪、韦晃等人纵火起兵反曹的事，可以看出曹操诡谲狡诈的招数，确实活现出历代封建统治玩弄百姓的骗术。

与奸诈密不可分的是曹操的阴险凶狠。小说随着情节的纵深进展，多面着色绘制其脸谱。作品在第四回末尾写他杀吕伯奢一家，便以浓重的笔墨为其脸谱先抹上了一道油彩。第十七回揭露他用仓官王垕的人头来平息军中缺粮引发的怨怒，说明他损人利

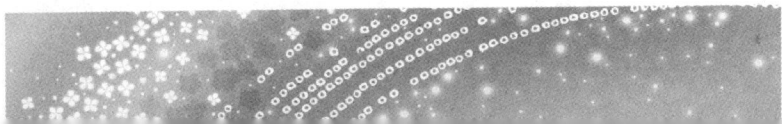

己到了无所不用其极的程度。第二十三回写他借刀杀祢衡的卑鄙手段，给他伪善的遮羞布撕得粉碎。刘表听说黄祖杀了祢衡还"嗟呀不已"，而曹操知其被害，却情不自禁地笑曰："腐儒舌剑，反自杀矣！"人性良心在曹操的身上已经扭曲变态，成为人们辨识封建统治者本质的准确无误的试剂。第四十回写曹操杀孔融父子，其意告诉人们这样一个道理：生活在封建社会里有着头脑的人又不肯做封建统治者的哈巴狗者，孔融就是他们命运的活标本。不过哈巴狗也不是那么好当的，第四十八回扬州刺史刘馥说了一句让曹操扫兴的话，便把命丢在曹操的槊下。大概因刘馥"久事曹操，多立功绩"，为收买人心起见，曹操流了几滴鳄鱼泪，还用"三公厚礼葬之"。第六十一回写处死荀彧采取了杀人不见血的高招，荀死后曹操按刘馥先例如法炮制，"命厚葬之，谥曰敬侯"。第六十六回荀攸之死是因知主子不满意他的看法，忧愤之中结束了性命。足见曹操就连稍有违迕的奴才也绝不放过，而忠实的奴才亦深知主子的为人，用不着主子杀他，自己知道什么时候是卸磨的驴。第七十二回写曹操与刘备争夺汉中失利，准备撤军的时候，以散布谣言惑乱军心的罪名处死了杨修。紧接着，作者补叙六件往事揭开了曹操杀害杨修的谜底，使其奸伪凶恶的本来面目愈加昭彰。第七十八回描述曹操病危之际连誉满天下的名医华佗，也因遭到他的猜忌而冤死狱内，证实曹操一生总以自己的奸恶之心度人。在他的眼里似乎阴谋诡计无处不在、无时不有，离开人间之前，他还防范身后遭人暗算，"设立疑冢七十二"，以防叫人家知其葬处，被人掘墓。看来，封建统治者活得太累了，所怀害人之心反倒为自己的精神增添了无限的重荷，最后以害己告终。

曹操是封建专制社会制度铸就的统治者中一个活生生的典型人物，他能操纵国家机器，执掌生杀予夺之权，单凭狡诈凶残是

不够的，尤其在群雄激烈地角逐搏斗的情势下，他还须具备非凡的气度与雄才大略。这是矛盾的对立统一在典型人物身上的集中体现。小说头回写他踏入仕途担任洛阳北部尉，敢于不避豪贵，棒责犯禁的中常侍蹇硕之叔。董卓弄权威慑朝野，在朝众官为司徒王允祝寿，相聚只会流泪痛哭为天下不幸而悲哀。身为骁骑校尉的曹操却非同庸官，抚掌大笑数落满朝公卿，"能哭死董卓否？"自告奋勇献刀行刺（第四回）。事败后，他逃往陈留发矫诏，举起"忠义"大旗，招募讨卓志愿兵。小说第六回描写董卓洗劫洛阳迁都长安，袁绍统领各路诸侯坐视不追，任其逃离。曹操义愤填膺，怒斥袁绍："竖子不足与谋！"亲率部下将领星夜追击董卓。结果惨遭吕布等人的伏击，曹操中箭落马，死里逃生。此举反映了曹操为国讨贼不计安危得失的英雄气概，虽败犹荣。联系作品前一回写曹操不顾袁术、袁绍的反对，支持关羽出战华雄，并力主不论贵贱，得功者赏的原则。两相映照，曹操的卓见锐气崭露峥嵘。

　　具有不俗的抱负和眼光方可开创超凡的大业，小说第十回写曹操在兖州所以能广纳贤士，招来荀彧、荀攸、程昱、郭嘉、刘晔等文臣，又得于禁、典韦等出众的猛将，是顺理成章的。第十二回写曹操获许褚，赏劳甚厚，这便成了许褚始终不渝效命主子的情义基础。第十四回出现了义士徐晃投奔曹操，特意由晃之故友满宠的嘴里说出"良禽择木而栖，贤臣择主而事"的话，宣扬曹操明主的身份。第二十回里谋士程昱劝曹操说："今明公威名日盛，何不乘此时行王霸之事？"由此推知，曹操智勇杰出、知人善任，一世枭雄的形象已经产生了广泛的社会心理和影响。程昱的话断不可能是蹈空虚说，曹操也不是头脑冬烘的庸夫俗子，"朝廷股肱尚多"，自己羽翼还未丰满，是"未可轻动"的。他善于化解旧怨，变消极因素为有利条件。刘备兵败投其门下，他不顾智

囊团的反对，信用不疑。第二十一回描述的青梅煮酒论英雄的故事，逼真地再现了曹操这位"非常之人，超世之杰"（陈寿《魏书·武帝纪》）的形象。他能不顾下属们的妒意，对待关羽恩宠倍至。尽管没能软化关羽忠于结义之心，却使他情愿充当曹操的清道夫，灭了强敌颜良、文丑，为曹操粉碎袁绍集团立了头功。他对做檄文大骂自己，又"辱及祖父"的陈琳，在一片"劝其杀之"的喊叫中，不但"赦之"还"命为从事"，这种处理问题的方法是需要何等的魄力与器识啊！小说描写他逐一消灭北方各个割据势力，生动地展现其料敌决胜之智、临阵指挥之勇、英雄豪杰之概。总而言之，曹操性格的特征就在于奸诈专横与雄才大略两者的水乳交融，这是曹操艺术形象美学意义的生命线，割舍任何一面即非其人。

清代沈宗骞在《芥舟学画编》中指出："夫以平庸之笔，写平庸之人，犹之可也。若以平庸之笔，写非常之人，如何可耐……且天地之间，惟人也得其秀而最灵，而造化之妙又惟笔能参之。今以笔写人，是以灵致灵，而徒凭死法，既负人且负笔矣。"《三国演义》主要人物形象都没离开反复皴染的写法，而人物性格不同，用墨也有变化。诸葛亮形象的皴染就和曹操不同，他是作为正面歌颂的人物，朝着赞扬善的审美方向，分别在德与智的层面上，"先起轮廓，然后加皴。由淡至浓，层层皴出"（清·布颜图《画学心法问答》）。诸葛亮在未出场之前，先从司马徽、徐庶之口透露信息，为人物露面铺垫。三顾茅庐起到了"千呼万唤始出来"的艺术效果，而隆中对纵论天下大势，展示出智者形象的轮廓。离开山林隐遁之所，博望坡一把火将智者面貌映得更为清晰。他出使东吴舌战群儒、智激周瑜，联吴抗曹运筹赤壁大战，忠与智的品质齐光并耀，集于一身。继之得荆州、占蜀地，辅佐

刘备父子，创建蜀汉事业。彝陵战后，以坚韧不拔的意志支撑艰难国势。安居平五路，七擒孟获、六出祁山，直到临终留下"臣死之日，不使内有余帛，外有赢财，以负陛下"的遗言，与"再不能临阵讨贼"的遗憾。这使得一位克己奉公、竭忠殚智、"鞠躬尽瘁，死而后已"的卓越政治家、军事家形象，经逐层皴染分外光彩夺目。

赵云形象的塑造技法亦类诸葛亮，重在胆与识、忠与勇的不同层面着力皴染，表现人物的纯全之美。自然两者也有不同，赵云亮相来得痛快，磐河之战公孙瓒急难之时，他突如其来解救了公孙氏，爽直地表白"忠君救民"之心。跟随刘备成为蜀汉集团的栋梁，跃马疆场，攻无不克、战无不胜；做人谋事，谦虚谨慎、清廉自律；参与国政，直言敢谏、公而忘私；是《三国演义》描写的数百名武将中卓荦不群的人物。相对而言，关羽性格比赵云复杂，虽号称"义绝"，其英勇盖世、忠贞不移、坚强不屈的美德比赵云光彩，但居功自傲、刚愎自用，导致军败身亡的悲惨下场是复杂性格裂变的结果。作者对他的皴染，及对周瑜、司马懿等人的皴染，多从美丑双向选取着笔的侧面，逐层皴染，以突出人物性格的丰富性和复杂性。这样用墨方法又贴近刻画曹操形象的技巧，使人物的主要、次要特征都得到展示，从而成为富有美感弹性的艺术典型。

（三）锦峰绣壑、宏伟缜密的结构布局

《三国演义》是历史小说，作品艺术结构的基本框架不能无视历史的真实，但是小说中时空关系绝不是历史现实时空关系的直接投影，而是依据作家的审美感知，以独自的艺术方式去把握历

史。毛宗岗认为，"三国一书，乃文章之最妙者，叙三国不自三国始也……不自三国终也"（《读三国志法》），而是从东汉末年黄巾起义、豪强争霸写起，以西晋统一全国收束。在这漫长的时期内，罗贯中将出现于各个空间的众多人物、纷繁复杂的事件，用时间为线索编织成井然有序又相互交叉展开的故事情节，好像连绵起伏的锦峰秀峦，前后贯穿、主次依托、曲折多变，形成宏伟壮阔、缜密精巧的结构布局。

前人对《三国演义》的结构艺术有过较为仔细的剖析，指出全书有"六起六结"的发展脉络："其叙献帝，则以董卓废立为一起，以曹丕篡夺为一结；其叙西蜀，则以成都称帝为一起，而以绵竹出降为一结；其叙刘、关、张三人，则以桃园结义为一起，而以白帝托孤为一结；其叙诸葛亮，则以三顾草庐为一起，而以六出祁山为一结；其叙魏国，则以黄初改元为一起，而以司马受禅为一结；其叙东吴，则以孙坚匿玺为一起，而以孙皓衔璧为一结。凡此数段文字，联络交互于其间，或此方起而彼已结，或此未结而彼又起，读之不见其断续之迹，而按之则自有章法之可知也。"（同前）毛氏洞悉了由小说的主要事件和人物构成了多重脉络线索承接递进、交织并行的特点，是很有审美眼力的，但规定脉络线索的依据不统一，又不分其主次，让人有美中不足之感。

那么全书的主脉何在？副线又怎样认定？虽说欣赏者会有自己的理解和观点，然而大都认为魏、蜀、吴三方鼎足势力的形成、发展和衰亡的历史过程，以及围绕着这一过程的矛盾斗争就是小说的主脉。

副线是系在主脉上，它的产生和走势均受主脉的制约，而每条副线又有着独自的存在价值和作用。毛氏所说的第一条脉络是以东汉皇权的存亡为标志，集中表现在汉献帝与豪强董卓、曹操、

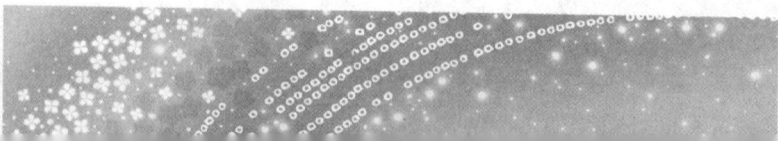

曹丕的矛盾。这是全书最先生成的一条副线，其作用在于引发小说情节的主干，涉及的内容不多，却是作品主脉不可缺少的引线。如果把不同社会势力和政治集团间的矛盾斗争作为认定脉络线索的依据，应该说第二条副线是指曹操集团与各方豪强争雄角逐的进程和结局。它与小说的主脉扭合在一起，包容着五彩缤纷的事件和人物，曹操形象特征在与各路豪强的斗争中逐渐显露出来，它对主脉产生了充实与强化的作用。第三、四两条副线分别为刘备集团、孙权集团的兴衰及其与异己势力的斗争历程。第三条副线在全书延伸得最长，从头一回"桃园结义"始至一百一十九回"曹魏灭蜀"止。它包括毛宗岗所指出的"叙刘、关、张三人"与"叙诸葛亮"的两条脉络。以小说的宏观布局来审视，刘备集团居其中心地位，而诸葛亮又是蜀汉事业的核心，他的隆中决策堪称全书之本，"其余枝节，皆从此生"。联系小说的情节内容便可惊奇地发现，诸葛亮出山之前的部分，是隆中决策开头所分析形势的细化与印证，而他出山后的作品主要故事则是决策内容的演绎与铺展。有人认为"看《三国演义》就是看诸葛亮"，就小说情节布局和精彩内容安排的位置来讲，此议并不为过。

《三国演义》把曹操集团放在刘备集团的主要对立面上，孙权集团则为刘备对抗曹操的同盟者，所以小说的第四条副线相对较短，内容含量也不多，却是为作品主要人物活动提供广阔社会舞台，反映三国故事演变背景的不可缺少之笔。纵观全书，第二、三、四条副线和主线重合的那一段，正是三国鼎足势力形成到开始崩解的重要时期，即从"赤壁之战"到"彝陵之战"，可以说，这是作品声光大振的部分。小说第五条副线是司马氏权势代魏吞吴、统一天下的进程，它"以黄初改元"起，至"孙皓自缚"降晋结。它的萌芽状态是在小说第八十回"曹丕废帝篡炎刘"与第

一百零六回"司马懿诈病赚曹爽"之间，随后到全书结束方由隐变显，化作一条实线，为小说描绘的从分裂到统一的社会生活画卷。添上了收笔的彩墨，使之成为一部完整严密并饱含着无穷余韵的文学巨著。

谈及小说的艺术结构，不容忽视的另一个问题，是罗贯中把历史现实的时空转化为小说世界时空的艺术经验，对后世历史演义小说和传记文学的创作是有着宝贵的借鉴意义的。《三国演义》出于表现拥刘反曹思想倾向的需要，将综合实力与所占地盘都远不能和曹操集团、孙权集团相比的刘备集团摆在中心地位，进而处理三个政治集团的对抗与同盟的关系，于是小说的时空安排就有了根据。作品里明确记叙的时间是从东汉灵帝建宁二年（169年）起，以晋灭东吴为止，史实发生在武帝太康元年（280年），共历111年。小说结构布局不是历史现实时空的均匀对称，而偏偏要在表现人物性格的情节上添枝加叶，使小说的"审美空间"扩张了，"审美时间"亦放慢了脚步，与审美不搭界的现实时空却被略去或凝缩。如小说第三十四回之前，自东汉末年写到官渡大战后曹操平定北方，与作品所描写的历史事件相对应的时间为公元169—200年前后，历时31年。第三十四回到五十回写赤壁之战，计十四回包容着8八年的时间。第五十回到八十五回，写至彝陵之战结束，计三十五回包容14个年头。第八十六回至一百二十回描述三国鼎立的崩解到天下一统的进程，时达58年。很明显，写赤壁、彝陵两次大战之间的历史故事，小说平均每年便用了两回半的篇幅，这是全书"审美时间"行进得最慢的一段。奇妙的是，小说类似此段情况的还有第三十七回"刘玄德三顾草庐"至一百零四回"陨大星汉丞相归天"，共计六十七回，涉时为公元207—234年，经历二十七个春秋。作品在此段限内描写的故事多

与诸葛亮一生事业关联，在小说世界的时间链条上必然要加密负载审美的信息量，扩大审美空间幅度。在这里读者可以品味着实践隆中决策的艰难征途上，接连不断出现的来自不同政治集团内各种人物的风采，以及惊心动魄、形神各异的社会景观。例如诸葛亮出山乍用兵，舌战群儒，智激周瑜，草船借箭，智算华容，三气周瑜，占荆襄，取西川，夺汉中，建立蜀汉政权，巧布八阵图，安居平五路，七擒孟获，六出祁山等，其丰功伟业光耀人寰。三个政治集团的领袖人物曹操、刘备、孙权的形象经过特定社会生活环境的熔炼与陶冶，其特征性格得到全面深刻的展示。其他如谋臣策士、英豪战将，等等，也都在贯连承续、起伏跌宕的情节中相继展现了个性风采。求实而论，《三国演义》为组接历史故事和塑造典型形象双管齐下的结构艺术，成功地创造了叙事文学的表现技巧。

从微观细部透析《三国演义》的章法结构，更会看到几乎达到了无懈可击、精致完美的程度。凡是作品描写的主要人物与事件，都能做到前有交代或伏笔，后有结局或照应，其来龙去脉、错综变化，均条理清晰、本末了然。此处信手拈来，以小说对关羽失荆州、走麦城，惨败身亡悲剧命运的叙述为例，说明人物描写的章法意脉锤炼之工。关羽在荆州之战前处处表现为勇猛刚强、武艺超群、能征惯战、智勇兼备的名将。这与他的下场相较是多么的矛盾、有多大的反差呀！但是罗贯中却不动声色地把二者处理得顺理成章。

小说第六十三回写诸葛亮离开荆州向关羽交割印绶时，亮擎着印提醒他说："这干系都在将军身上。"关羽开口便讲："大丈夫既领重任，除死方休。"亮听关羽"说个'死'字，心中不悦"，接着问他保守荆州的方略，他表示：曹兵来犯，"以力拒

之"；曹吴联手进犯，则"分兵拒之"。亮明确指出："若如此，荆州危矣。吾有八字，将军牢记，可保守荆州。"关羽心中无数，还追问："那八个字？"亮似用千钧重锤敲击他说："北拒曹操，东和孙权。"言为心声，两人的对话，暗示后来关羽把军师的嘱咐抛到九霄云外的思想基础。

第六十五回记叙了一件叫人深思的事，关羽不顾守荆州的重任，派义子关平去成都请示刘备，要求入川与刚归蜀的马超比武。可谓顾盼自雄，竟容不得强如自己的人存在了。第七十三回关羽高傲自大、目中无人的态度有了明显的暴露。他得知黄忠被封为"五虎大将"，"遂不肯受印"，扬言："黄忠何等人，敢与吾同列？大丈夫终不与老卒为伍！"

关羽奉命攻打曹军守地襄、樊二城，战略目的是"使敌军胆寒"，瓦解曹魏与东吴的暂时联盟。曹仁被关羽打败，襄阳为蜀军占领，获胜之际不能忘记用兵的战略原则。于是，随军司马王甫建议关羽："将军一鼓而下襄阳，曹兵虽然丧胆"，然而"东吴吕蒙屯兵陆口，常有吞并荆州之意"，"糜芳、傅士仁守二隘口，恐不竭力，必须再得一人以总督荆州。"又进一步强调关羽所遣的守将潘濬是个"平生多忌而好利"的人，"不可任用"，应派"为人忠诚廉直"的赵累代之。王甫看到了关羽在保卫大本营、扼守要冲的用人上有失误，严肃提出来希望及时纠正。关羽却掉以轻心，拒绝采纳正确意见，为丢掉荆州、进退失据埋下了祸根。况且，关羽进取襄樊之前，东吴诸葛瑾曾前往荆州说亲，通报孙权愿意自己的儿子娶关羽之女为妻，"两家结好，并力破曹"。关羽无视联吴拒曹的良机，反而勃然大怒嚷道："吾虎女安肯嫁犬子乎！"如此无礼之举彻底激怒了孙权，决意联曹夹击关羽，袭取荆州，所以，关羽没理由忘却后顾之忧。

作品正面着力铺染关羽攻打樊城的战绩，水淹七军，捉于禁、杀庞德，威震华夏，吓得曹操慌了手脚打算迁出许都。面对大好的形势，关羽变得更加盛气凌人、不可一世。东吴陆逊正利用关羽不断滋长的骄傲情绪，曲意奉承颂美，"以骄其心"，使之撤掉荆州守卫之兵，前赴樊城听调。关羽果然在扭曲的心理支配下，上当受骗。小说也开始陡转急折，由暗点关羽失败的潜在之因，变为明写他在曹操、孙权双方凌厉攻势的夹击中，节节溃败的狼狈情态。第七十六回写关羽在败逃的路上忽闻荆州被吕蒙占领，公安、南郡的守将傅士仁、糜芳降吴，顿时"怒气冲塞，疮口迸裂，昏绝于地"。众将救醒，公顾谓司马王甫曰："悔不听足下之言，今日果有此事！"听了探马禀告吕蒙攻取荆州之策，又跺脚叹道："吾中奸贼之谋矣！"与前文伏笔呼应，事态发展由隐而显，言之成理。

小说第七十八回写刘备听到关羽兵败遇害的噩耗，哭倒于地，半晌醒来被扶入内殿。诸葛亮劝曰："王上少忧……关公平日刚而自矜，故今日有此祸"，再次遥应前文，明指悲剧的成因是当事者自身弱点的恶性膨胀，大力强化了人物性格特征。像这样刻画人物，儿度旋曲，却能文理自然、章法缜密的例证在《三国演义》中屡见不鲜。作品描写事件亦有工力，如常山蛇阵，首尾、中间，萦回相应，文脉可寻。姑且看看具体情节，说明言之有据。

魏国邓艾率兵伐蜀，出人意料地运用奇策，偷渡阴平而获得成功。这种罕世之举，小说写得非常精妙，不容生疑。小说第一百零四回写诸葛亮弥留之际，叮咛姜维："蜀中诸道，皆不必多忧；惟阴平之地，切须仔细，此地虽险峻，久必有失。"这是全书首次出现关于偷渡阴平可能性的信号。接着露面的是与偷渡阴平干系重大的人，第一百零七回在魏将夏侯霸投奔蜀国和姜维相见

时谈及："魏国新有二人，正在妙龄之际，若使领兵马，实吴、蜀之大患也。"一是钟会，另一位则是邓艾。后者"素有大志，但见高山大泽，辄窥度指画，何处可以屯兵，何处可以积粮，何处可以埋伏。人皆笑之，独司马懿奇其才，遂令参赞军机"。

后来司马昭看到蜀主刘禅溺于酒色，信用宦官黄皓，姜维避祸屯田沓中，认为伐蜀时机成熟，派钟会、邓艾分兵进犯。姜维退保剑阁，辅国大将董厥提醒姜维："此关虽然可守，奈成都无人；倘为敌人所袭，大势瓦解矣。"维曰："成都山险地峻，非可易取，不必忧也。"此处以反衬之笔，突出诸葛亮遗言的深远意义。

小说第一百一十七回始描写邓艾领将士不避险阻，偷渡阴平，乘其不备袭取成都。当邓艾与两千部下渡过"峻壁巅崖"的摩天岭时，"忽见道傍有一石碣，上刻：'丞相诸葛亮武侯题'。其文云：'二火初兴，有人越此。二士争衡，不久自死'。艾观讫大惊，慌忙对碣再拜曰：'武侯真神人也！'"这是正面照应诸葛亮临终之言，恰与前文正反跌宕，激起波澜。邓艾暗渡阴平要隘时还见到了一个大空寨，诸葛亮生前曾拨一千士兵在此守险，后来蜀主刘禅废之。无疑，这是又掀一道余波，使行文荡出神韵来。最后以邓艾偷渡阴平成功，逼降刘禅作结。叙事之妙草蛇灰线，伏笔潜流在情节推进过程中逐渐显露。事有根脉，前因后果的逻辑关系，或暗示或明点，一丝不苟。一部长篇巨制的历史演义小说，宏观纵览，气脉阔大，峰回路转迤逦入胜，结构创新，运思迥与人殊；微观斟酌，组织精严，承转串合，灭尽裁缝针线之迹，章法整齐而有疏散、宕折之趣。话说回来，整部作品的思想意蕴和艺术开发都是前无古人、后启来者的，使其成为我国古代小说之林中一棵永不凋谢的长青树。

下篇　精彩片段解读

煮酒论英雄

　　一日，关、张不在，玄德正在后园浇菜，许褚、张辽引数十人入园中曰："丞相有命，请使君便行"。^①玄德惊问曰："有甚紧事？"许褚曰："不知。只教我来相请。"玄德只得随二人入府见操。操笑曰："在家做得好大事！"吓得玄德面如土色。操执玄德手，直至后园，曰："玄德学圃不易！"^②玄德方才放心，答曰："无事消遣耳。"操曰："适见枝头梅子青青，忽感去年征张绣时，道上缺水，将士皆渴；吾心生一计，以鞭虚指曰：'前面有梅林。'军士闻之，口皆生唾，由是不渴。今见此梅，不可不赏。又值煮酒正熟，故邀使君小亭一会。"玄德心神方定。随至小亭，已设樽俎^③：盘置青梅，一樽煮酒。二人对坐，开怀畅饮。

　　酒至半酣，忽阴云漠漠，骤雨将至。从人遥指天外龙挂^④，操与玄德凭栏观之。操曰："使君知龙之变化否？"玄德曰："未知其详。"操曰："龙能大能小，能升能隐：大则兴云吐雾，小则隐介藏形^⑤；升则飞腾于宇宙之间，隐则潜伏于波涛之内。方今春深，龙乘时变化，犹人得志而纵横四海。龙之为物，可比世之英雄。玄德久历四方，必知当世英雄。请试指言之。"玄德曰："备肉眼安识英雄？"操曰："休得过谦。"玄德曰："备叨恩庇^⑥，得仕于朝。天下英雄，实有未知。"操曰："既不识其面，亦闻其名。"玄德曰："淮南袁术，兵粮足备，可为英雄？"操笑曰："冢中枯骨^⑦，吾早晚必擒之！"玄德曰："河北

袁绍，四世三公⑧，门多故吏；今虎踞冀州之地，部下能事者极多，可为英雄？"操笑曰："袁绍色厉胆薄，好谋无断；干大事而惜身，见小利而忘命：非英雄也。"玄德曰："有一人名称八俊⑨，威镇九州——刘景升可为英雄？"操曰："刘表虚名无实，非英雄也。"玄德曰："有一人血气方刚，江东领袖——孙伯符乃英雄也？"操曰："孙策藉父之名，非英雄也。"玄德曰："益州刘季玉，可为英雄乎？"操曰："刘璋虽系宗室，乃守户之犬耳，何足为英雄！"玄德曰："如张绣、张鲁、韩遂等辈皆何如？"操鼓掌大笑曰："此等碌碌小人，何足挂齿！"玄德曰："舍此之外，备实不知。"操曰："夫英雄者，胸怀大志，腹有良谋，有包藏宇宙之机，吞吐天地之志者也。"玄德曰："谁能当之？"操以手指玄德，后自指，曰："今天下英雄，惟使君与操耳！"玄德闻言，吃了一惊，手中所执匙箸⑩，不觉落于地下。时正值大雨将至，雷声大作。玄德乃从容俯首拾箸曰："一震之威，乃至于此。"操笑曰："丈夫亦畏雷乎？"玄德曰："圣人迅雷风烈必变⑪，安得不畏？"将闻言失箸缘故，轻轻掩饰过了。操遂不疑玄德。后人有诗赞曰：

　　勉从虎穴暂趋身，说破英雄惊杀人⑫。巧借闻雷来掩饰，随机应变信如神。

　　天雨方住，见两个人撞入后园，手提宝剑，突至亭前，左右拦挡不住。操视之，乃关、张二人也。原来二人从城外射箭方回，听得玄德被许褚、张辽请将去了，慌忙来相府打听；闻说在后园，只恐有失，故冲突而入。却见玄德与操对坐饮酒。二人按剑而立。操问二人何来。云长曰："听知丞相和兄饮酒，特来舞剑，以助一笑。"操笑曰："此非'鸿门宴'⑬，安用项庄、项伯乎？"玄德亦笑。操命："取酒与二'樊哙'压惊。"

关、张拜谢。须臾席散，玄德辞操而归。云长曰："险些惊杀我两个！"玄德以落箸事说与关、张。关、张问是何意。玄德曰："吾之学圃，正欲使操知我无大志；不意操竟指我为英雄，我故失惊落箸。又恐操生疑，故借惧雷以掩饰之耳。"关、张曰："兄真高见！"（引自《三国演义》第二十一回）

【注释】

① 使君：东汉时对太守的称呼。刘备在陶谦死后继任徐州牧，故称刘备为使君。

② 学圃：圃，指种植蔬菜、花果或苗木的绿地。文中"学圃"，意指学习种菜。

③ 樽俎：原为古代盛酒和盛肉的器皿，后常用此作为宴席的代称。

④ 龙挂：即龙卷风。从远处望积雨云下呈漏斗状、舒卷下垂，古人想象是施雨的龙在下挂吸水。

⑤ 隐介：介，指龙身上的硬壳、鳞片。隐介即谓将外形隐蔽起来。

⑥ 叨：谦词，意思说受到好处。

⑦ 冢：坟墓。

⑧ 四世句：自袁绍高祖袁安以下四辈人，每辈中均有人居三公之位者。三公，东汉时把太尉、司徒、司空合称"三公"，是负责国家军政的最高长官。

⑨ 八俊：指刘表年轻时喜欢结交朋友，曾与汝南陈翔、同郡范滂等名士7人为友，时号"江夏八俊"。

⑩ 箸：筷子。

⑪ 迅雷风烈必变：语出《论语·乡党》，说孔子遇到疾雷暴风必定要改变脸色，以表示对上天的敬畏。

⑫ 杀：同煞，用在动词后，表示程度深。

⑬ 鸿门宴：秦汉之际刘邦和项羽争霸，两人曾相会于鸿门（今陕西

临潼东），宴间项庄舞剑意欲刺杀刘邦，而项伯亦起而舞剑，旨在保护刘邦。时樊哙闯入，扭转了宴会上充满阴谋和杀机的气氛。

解读

这是作者运用"以外显内"的心理描写，与烘云托月式的景物点染，来表现人物性格的一段美文。故事是在特殊的背景下发生的。曹操自迎奉汉献帝移驾许都之后，执掌朝廷大权；玩弄"挟天子以令诸侯"的政治手腕，发展自己的势力，野心家的真实嘴脸日渐暴露。许田围猎，曹操目无天子、飞扬跋扈的骄横之态已令汉献帝胆寒。汉献帝于是把以血写的密诏交给国舅董承，切望他"殄灭奸党"。董承暗结吴子兰、马腾、刘备等人谋诛国贼曹操。此时刘备为吕布所败，暂时委身事操，唯恐操对他猜忌，非但义举破灭，而且一生抱负也付诸东流，故作"韬晦之计"，他每天于下处后园种菜，以麻痹曹操放松警惕，伺机而动。

面对这种冰下潜奔急流的情势，突然，曹操手下两员悍将许褚、张辽出现于正用种菜掩护自己的刘备跟前，并声称："丞相有命，请使君便行。"刘备搞不清两人的来头，陡然一惊。紧接着，就故事情节的逐步展开，作者迭以刘备惊恐的外在神态，揭示其紧张、惶惑的心理活动。因为刘备整天最大的心事就是怕灭奸除贼的图谋泄露，稍有风吹草动，必然会产生反应。刘备本来闷在葫芦里不知曹操唤他的用心，不料，曹操见他竟然笑了起来，说："在家做得好大事！"这语气听起来好像话外有音，刘备立刻意识到唤他是否与讨贼密诏有关。作者将刘备内心的隐密用霎时"面如土色"来反映，而且这次惊恐是在曹操笑声中出现的，染上了阴森可怖的气味。不过，刘备毕竟是一世豪杰，他从曹操的举动和话题里基本认定了唤他是为陪酒聊天儿，经过心理调整便稳住了心神。

两人饮酒过程中话题扯到了世间英雄的内容，操命刘备"试指言之"。刘备首提袁术"可为英雄"，当即引起曹操的见笑；再提袁绍"可为英雄"，曹操又是带着轻蔑的笑声否定了他的看法。当刘备说"如张

绣、张鲁、韩遂等辈皆何如"时，操狂傲得"鼓掌大笑"。这接二连三地笑傲群雄，倒使刘备显得简单，给他带来了一种安全感。曹操得意地谈起英雄的标准，刘备也放松了心理，追问曹操："谁能当之？"万没料到，"操以手指"他，然后自指说："今天下英雄，惟使君与操耳！"刘备平静的心，顿时如狂飙掀浪，不自禁地又"吃了一惊，手中所执匙箸，不觉落于地下"。刘备惊恐的外在神态逐级推进，由惊惧到丧魂落魄，不觉失态，充分说明了其内心承受的压力逐步加剧，竟至远超负荷，无法承担。

作者的匠心在于，刘备的惊恐之状是和曹操的频笑之态正反对举，连贯呈现的。两相比照，曹操居高临下、踌躇满志、睥睨一切的样子，刘备置于人家的手掌之中，戒心惴惴，唯恐计谋失密的忐忑神情，显得分外生动、真切，饶有意味。惊与笑，恰好是两人心境、性格的形象写照。刘备对匙箸因惊落地的失态表现，当即觉得有自我暴露破绽之嫌，马上冷静下来，借雷声从容掩饰，巧妙应付说："一震之威，乃至于此。"只言片语胜过千言万语，刘备旨在表白自己胆小到这种程度，还何谈英雄呢！并且内心的隐秘被包装得严严实实，连老奸巨猾的曹操也信而不疑，还自傲地笑问："丈夫亦畏雷乎？"一个精明机智，一个奸猾傲慢，不同的性格特征十分鲜明。

为了推动情节的展开，文中采用了景物点染，用墨不多，清峭奇崛，收到了取神象外的艺术效果。正当刘备与曹操开怀畅饮，心中疑团已经消释之时，"忽阴云漠漠，骤雨将至。从人遥指天外龙挂，操与玄德凭栏观之。"曹操因景生议，兴致勃勃地谈起龙的变化，进而以龙比之世间英雄，指令刘备说出己见。这样用风云变幻、电闪雷鸣的自然景物，为曹、刘二人谈论"英雄"的话题创造了紧张、沉郁的氛围。曹操的阴险冷酷，刘备的沉重惊恐皆与自然环境协调一致，给刻画人物性格、敷衍故事情节平添了不少色彩。一声巨雷把故事情节推向了高潮，刘备借之饰惊，曹操也因此显威。写景之笔稍事拟声取象，略作点染却有深远的韵致。

风雨过后，又写关羽、张飞撞园来见兄长，曹操再度发笑，说出"此非'鸿门宴'"进行调侃。宴毕席散，关羽对兄长表示"险些惊杀我

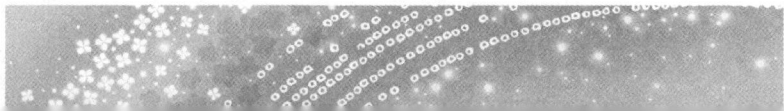

两个!"刘备又将借雷饰惊告诉了关、张二弟，博得两人同声称赞。这些文字是"煮酒论英雄"故事不可缺少的补白，它揭示了故事的性质，令人产生心有余悸之感，深化了读者对人物性格的认识。整个故事的内容在《三国演义》的情节安排上起着生发下文的作用，它不仅为接写刘备引军遁离曹操张本，也替袁术、袁绍、刘表、孙策、刘璋等人最终的结局作了伏笔，而刘备终成蜀主，雄立一方，由此已透出了消息。

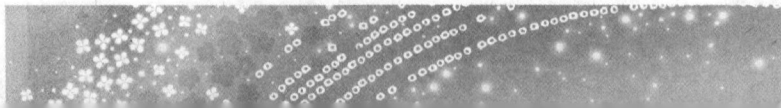

三顾草庐

　　却说玄德正安排礼物，欲往隆中谒诸葛亮，忽人报："门外有一先生，峨冠博带①，道貌非常②，特来相探。"玄德曰："此莫非即孔明否？"遂整衣出迎。视之，乃司马徽也。玄德大喜，请入后堂高坐，拜问曰："备自别仙颜，因军务倥偬③，有失拜访。今得光降，大慰仰慕之私。"徽曰："闻徐元直在此，特来一会。"玄德曰："近因曹操囚其母，徐母遣人驰书，唤回许昌去矣。"徽曰："此中曹操之计矣！吾素闻徐母最贤，虽为操所囚，必不肯驰书召其子：此书必诈也。元直不去，其母尚存；今若去，母必死矣！"玄德惊问其故，徽曰："徐母高义，必羞见其子也。"玄德曰："元直临行，荐南阳诸葛亮，其人若何？"徽笑曰："元直欲去，自去便了，何又惹他出来呕心血也？"玄德曰："先生何出此言？"徽曰："孔明与博陵崔州平、颖川石广元、汝南孟公威与徐元直四人为密友。此四人务于精纯，惟孔明独观其大略。尝抱膝长吟，而指四人曰：'公等仕进可至刺史、郡守。'众问孔明之志若何，孔明但笑而不答。每常自比管仲、乐毅，其才不可量也。"玄德曰："何颖川之多贤乎！"徽曰："昔有殷馗善观天文，尝谓'群星聚于颖分，其地必多贤士'。"时云长在侧曰："某闻管仲、乐毅乃春秋、战国名人，功盖寰宇；孔明自比此二人，毋乃太过？④"徽笑曰："以吾观之，不当比此二人；我欲另以二人比之。"云长问："那二人？"徽曰："可比兴周八百年之姜子牙、旺汉四百年之

张子房也。"众皆愕然。徽下阶相辞欲行，玄德留之不住。徽出门仰天大笑曰："卧龙虽得其主，不得其时，惜哉！"言罢，飘然而去。玄德叹曰："真隐居贤士也！"

次日，玄德同关、张并从人等来隆中。遥望山畔数人，荷锄耕于田间，而作歌曰：

苍天如圆盖，陆地似棋局；世人黑白分，往来争荣辱；

荣者自安安，辱者定碌碌。——南阳有隐居，高眠卧不足！

玄德闻歌，勒马唤农夫问曰："此歌何人所作？"答曰："乃卧龙先生所作也。"玄德曰："卧龙先生住何处？"农夫曰："自此山之南，一带高冈，乃卧龙冈也。冈前疏林内茅庐中，即诸葛先生高卧之地。"玄德谢之，策马前行。不数里，遥望卧龙冈，果然清静异常。后人有古风一篇，单道卧龙居处。诗曰：

襄阳城西二十里，一带高冈枕流水：高冈屈曲压云根，流水潺湲飞石髓⑤；势若困龙石上蟠，形如单凤松阴里；柴门半掩闭茅庐，中有高人卧不起。修竹交加列翠屏，四时篱落野花馨；床头堆积皆黄卷⑥，座上往来无白丁；叩户苍猿时献果，守门老鹤夜听经；囊里名琴藏古锦，壁间宝剑挂七星。庐中先生独幽雅，闲来亲自勤耕稼；专待春雷惊梦回，一声长啸安天下。

玄德来到庄前，下马亲叩柴门，一童出问。玄德曰："汉左将军、宜城亭侯、领豫州牧、皇叔刘备，特来拜见先生。"童子曰："我记不得许多名字。"玄德曰："你只说刘备来访。"童子

曰:"先生今早少出。"玄德曰:"何处去了?"童子曰:"踪迹不定,不知何处去了。"玄德曰:"几时归?"童子曰:"归期亦不定,或三五日,或十数日。"玄德惆怅不已。张飞曰:"既不见,自归去罢了。"玄德曰:"且待片时。"云长曰:"不如且归,再使人来探听。"玄德从其言,嘱付童子:"如先生回,可言刘备拜访。"

遂上马,行数里,勒马回观隆中景物,果然山不高而秀雅,水不深而澄清;地不广而平坦,林不大而茂盛;猿鹤相亲,松篁交翠⑦:观之不已。忽见一人,容貌轩昂,丰姿俊爽,头戴逍遥巾,身穿皂布袍,杖藜从山僻小路而来。玄德曰:"此必卧龙先生也!"急下马向前施礼,问曰:"先生非卧龙否?"其人曰:"将军是谁?"玄德曰:"刘备也。"其人曰:"吾非孔明,乃孔明之友:博陵崔州平也。"玄德曰:"久闻大名,幸得相遇。乞即席地权坐⑧,请教一言。"二人对坐于林间石上,关、张侍立于侧。州平曰:"将军何故欲见孔明?"玄德曰:"方今天下大乱,四方云扰,欲见孔明,求安邦定国之策耳。"州平笑曰:"公以定乱为主,虽是仁心,但自古以来,治乱无常。自高祖斩蛇起义,诛无道秦,是由乱而入治也;至哀、平之世二百年,太平日久,王莽篡逆,又由治而入乱;光武中兴,重整基业,复由乱而入治;至今二百年,民安忆久,故干戈又复四起:此正由治入乱之时,未可猝定也。将军欲使孔明斡旋⑨天地,补缀⑩乾坤,恐不易为,徒费心力耳。岂不闻'顺天者逸,逆天者劳','数之所在⑪,理不得而夺之;命之所在,人不得而强之'乎?"玄德曰:"先生所言,诚为高见。但备身为汉胄⑫,合当匡扶汉室,何敢委之数与命?"州平曰:"山野之夫,不足与论天下事,适承明问,故妄言之。"玄德

名家解读中外文学名著书系

曰："蒙先生见教。但不知孔明往何处去了？"州平曰："吾亦欲访之，正不知其何往。"玄德曰："请先生同至敝县，若何？"州平曰："愚性颇乐闲散，无意功名久矣；容他日再见。"言讫，长揖而去。玄德与关、张上马而行。张飞曰："孔明又访不着，却遇此腐儒，闲谈许久！"玄德曰："此亦隐者之言也。"

三人回至新野，过了数日，玄德使人探听孔明。回报曰："卧龙先生已回矣。"玄德便教备马。张飞曰："量一村夫，何必哥哥自去，可使人唤来便了。"玄德叱曰："汝岂不闻孟子云：'欲见贤而不以其道，犹欲其入而闭之门也'。孔明当世大贤，岂可召乎！"遂上马再往访孔明。关、张亦乘马相随。时值隆冬，天气严寒，彤云密布。行无数里，忽然朔风凛凛，瑞雪霏霏；山如玉簇，林似银妆。张飞曰："天寒地冻，尚不用兵，岂宜远见无益之人乎！不如回新野以避风雪。"玄德曰："吾正欲使孔明知我殷勤之意。如弟辈怕冷，可先回去。"飞曰："死且不怕，岂怕冷乎！但恐哥哥空劳神思。"玄德曰："勿多言，只相随同去。"将近茅庐，忽闻路旁酒店中有人作歌。玄德立马听之。其歌曰：

壮士功名尚未成，呜呼久不遇阳春！君不见：东海老叟辞荆榛[13]，后车遂与文王亲；八百诸侯不期会[14]，白鱼入舟涉孟津[15]；牧野一战血流杵[16]，鹰扬伟烈冠武臣[17]。又不见：高阳酒徒起草中，长揖芒砀"隆準公"[18]；高谈王霸惊人耳，辍洗延坐钦英风；东下齐城七十二，天下无人能继踪。二人功迹尚如此，至今谁肯论英雄？

歌罢，又有一人击桌而歌。其歌曰：

吾皇提剑清寰海，创业垂基四百载；桓灵季业火德衰，

奸臣贼子调鼎鼐⑲。青蛇飞下御座傍，又见妖虹降玉堂；群盗四方如蚁聚，奸雄百辈皆鹰扬。吾侪长啸空拍手⑳，闷来村店饮村酒；独善其身尽日安，何须千古名不朽！

二人歌罢，抚掌大笑。玄德曰："卧龙其在此间乎！"遂下马入店。见二人凭桌对饮：上首者白面长须，下首者清奇古貌。玄德揖而问曰："二公谁是卧龙先生？"长须者曰："公何人？欲寻卧龙何干？"玄德曰："某乃刘备也。欲访先生，求济世安民之术。"长须者曰："我等非卧龙，皆卧龙之友也：吾乃颍川石广元，此位是汝南孟公威。"玄德喜曰："备久闻二公大名，幸得邂逅㉑。今有随行马匹在此，敢请二公同往卧龙庄上一谈。"广元曰："吾等皆山野慵懒之徒，不省治国安民之事，不劳下问。明公请自上马，寻访卧龙。"

　　玄德乃辞二人，上马投卧龙冈来。到庄前下马，扣门问童子曰："先生今日在庄否？"童子曰："现在堂上读书。"玄德大喜，遂跟童子而入。至中门，只见门上大书一联云："淡泊以明志，宁静而致远。"玄德正看间，忽闻吟咏之声，乃立于门侧窥之，见草堂之上，一少年拥炉抱膝，歌曰：

　　　　凤翱翔于千仞兮，非梧不栖；士优处于一方兮，非主不依。
　　　　乐躬耕于陇亩兮，吾爱吾庐；聊寄傲于琴书兮，以待天时。

　　玄德待其歌罢，上草堂施礼曰："备久慕先生，无缘拜会。昨因徐元直称荐，敬至仙庄，不遇空回。今特冒风雪而来。得

瞻道貌，实为万幸！"那少年慌忙答礼曰："将军莫非刘豫州，欲见家兄否？"玄德惊讶曰："先生又非卧龙耶？"少年曰："某乃卧龙之弟诸葛均也。愚兄弟三人：长兄诸葛瑾，现在江东孙仲谋处为幕宾；孔明乃二家兄。"玄德曰："卧龙今在家否？"均曰："昨为崔州平相约，出外闲游去矣。"玄德曰："何处闲游？"均曰："或驾小舟游于江湖之中，或访僧道于山岭之上，或寻朋友于村落之间，或乐琴棋于洞府之内：往来莫测，不知去所。"玄德曰："刘备直如此缘分浅薄，两番不遇大贤！"均曰："少坐献茶。"张飞曰："那先生既不在，请哥哥上马。"玄德曰："我即到此间，如何无一语而回？"因问诸葛均曰："闻令兄卧龙先生熟谙韬略，日看兵书，可得闻乎？"均曰："不知。"张飞曰："问他则甚！风雪甚紧，不如早归。"玄德叱止之。均曰："家兄不在，不敢久留车骑；容日却来回礼。"玄德曰："岂敢望先生枉驾。数日之后，备当再至。愿借纸笔作一书，留达令兄，以表刘备殷勤之意。"均遂进文房四宝。玄德呵开冻笔，拂展云笺，写书曰：

备久慕高名，两次晋谒，不遇空回，惆怅何似！窃念备汉朝苗裔㉒，滥叨名爵，伏睹朝廷陵替㉓，纲纪崩摧，群雄乱国，恶党欺君，备心胆俱裂。虽有匡济之诚，实乏经纶之策㉔。仰望先生仁慈忠义，慨然展吕望之大才，施子房之鸿略，天下幸甚！社稷幸甚！先此布达，再容斋戒薰沐㉕，特拜尊颜，面倾鄙悃。统希鉴原㉖。

玄德写罢，递与诸葛均收了，拜辞出门。均送出，玄德再

三殷勤致意而别。方上马欲行，忽见童子招手篱外，叫曰："老先生来也。"玄德视之，见小桥之西，一人暖帽遮头，狐裘蔽体，骑着一驴，后随一青衣小童，携一葫芦酒，踏雪而来；转过小桥，口吟诗一首。诗曰：

一夜北风寒，万里彤云厚㉗；长空雪乱飘，改尽江山旧。
仰面观太虚㉘，疑是玉龙斗；纷纷鳞甲飞，顷刻遍宇宙。
——骑驴过小桥，独叹梅花瘦！

玄德闻歌曰："此真卧龙矣！"滚鞍下马，向前施礼曰："先生冒寒不易！刘备等候久矣！"那人慌忙下驴答礼。诸葛均在后曰："此非卧龙家兄，乃家兄岳父黄承彦也。"玄德曰："适间所吟之句，极其高妙。"承彦曰："老夫在小婿家观《梁父吟》，记得这一篇；适过小桥，偶见篱落间梅花，故感而诵之。不期为尊客所闻。"玄德曰："曾见令婿否？"承彦曰："便是老夫也来看他。"玄德闻言，辞别承彦，上马而归。正值风雪又大，回望卧龙冈，悒怏㉙不已。后人有诗单道玄德风雪访孔明。诗曰：

一天风雪访贤良，不遇空回意感伤。冻合溪桥山石滑，
寒侵鞍马路途长。当头片片梨花落，扑面纷纷柳絮狂。
回首停鞭遥望处，烂银堆满卧龙冈。

玄德回新野之后，光阴荏苒，又早新春。乃令卜者揲蓍㉚，选择吉期，斋戒三日，薰沐更衣，再往卧龙冈谒孔明。关、张闻之不悦，遂一齐入谏玄德。正是：高贤未服英雄志，屈节偏

生杰士疑。未知其言若何，下文便晓。

却说玄德访孔明两次不遇，欲再往访之。关公曰："兄长两次亲往拜谒，其礼太过矣。想诸葛亮有虚名而无实学，故避而不敢见。兄何惑于斯人之甚也！"玄德曰："不然。昔齐桓公欲见东郭野人，五反而方得一面[31]。况吾欲见大贤耶？"张飞曰："哥哥差矣。量此村夫，何足为大贤！今番不须哥哥去；他如不来，我只用一条麻绳缚将来！"玄德叱曰："汝岂不闻周文王谒姜子牙之事乎？文王且如此敬贤，汝何太无礼！今番汝休去，我自与云长去。"飞曰："既两位哥哥都去，小弟如何落后！"玄德曰："汝若同往，不可失礼。"飞应诺。

于是三人乘马引从者往隆中。离草庐半里之外，玄德便下马步行，正遇诸葛均。玄德忙施礼，问曰："令兄在庄否？"均曰："昨暮方归。将军今日可与相见。"言罢，飘然自去。玄德曰："今番侥幸得见先生矣！"张飞曰："此人无礼！便引我等到庄也不妨，何故竟自去了！"玄德曰："彼各有事，岂可相强。"三人来到庄前叩门，童子开门出问。玄德曰："有劳仙童转报：刘备专来拜见先生。"童子曰："今日先生虽在家，但今在草堂上昼寝未醒。"玄德曰："既如此，且休通报。"分付关、张二人，只在门首等着。玄德徐步而入，见先生仰卧于草堂几席之上。玄德拱立阶下。半晌，先生未醒。关、张在外立久，不见动静，入见玄德犹然待立。张飞大怒，谓云长曰："这先生如何傲慢！见我哥哥侍立阶下，他竟高卧，推睡不起！等我去屋后放一把火，看他起不起！"云长再三劝住。玄德仍命二人出门外等候。望堂上时，见先生翻身将起，——忽又朝里壁睡着。童子欲报。玄德曰："且勿惊动。"又立了一个时辰，孔明才醒，口吟诗曰：

大梦谁先觉？平生我自知。草堂春睡足，窗外日迟迟。

孔明吟罢，翻身问童子曰："有俗客来否？"童子曰："刘皇叔在此，立候多时。"孔明乃起身曰："何不早报！尚容更衣。"遂转入后堂。又半晌，方整衣冠出迎。玄德见孔明身长八尺，面如冠玉，头戴纶巾^㉜，身披鹤氅，飘飘然有神仙之概。玄德下拜曰："汉室末胄、涿郡愚夫，久闻先生大名，如雷贯耳。昨两次晋谒，不得一见，已将贱名于文几，未审得入览否？"孔明曰："南阳野人，疏懒性成，屡蒙将军枉临，不胜愧赧。"二人叙礼毕，分宾主而坐，童子献茶……

（引自《三国演义》第三十七回，第三十八回）

【注释】

① 峨冠博带：高帽阔带。

② 道貌：人的神态容颜。

③ 倥偬：急迫匆忙。

④ 毋乃：表示疑问语气，"岂不是"的意思。

⑤ 石髓：石灰岩洞中悬在洞顶上的锥状物体，即石钟乳。

⑥ 黄卷：指书籍。古时用黄檗染纸来防蠹，故名。

⑦ 篁：竹林，亦泛指竹子。

⑧ 权：姑且。

⑨ 斡旋：此谓挽回、扭转的意思。

⑩ 补缀：缝补破裂的衣物。

⑪ 数：天数，古时指上天安排的命运。

⑫ 胄：古代称帝王或贵族的子孙。

⑬ 东海老叟：即吕望，亦称吕尚、姜太公。

⑭ 八百诸侯不期会：据说周武王伐纣时，诸侯不约而同地会于孟津，共商伐纣大事。

⑮ 白鱼入舟涉孟津：史载周武王率军渡过黄河时，有白鱼跳入他的船上，武王将它作祭祀。

⑯ 牧野一战血流杵：周武王在牧野（河南淇县）大败商朝军队的地方。杵，捣衣物的棒槌。血流杵，指血流漂杵。

⑰ 鹰扬：鹰奋扬之态，形容威武。

⑱ 长揖芒砀"隆準公：史载秦汉之际，自称高阳酒徒郦食其（lì yì jī）曾于陈留去见刘邦。当时刘邦正在洗脚，见郦生进来，靠在床上不动。郦生长揖不拜说："你要讨伐暴秦，就不该对前辈如此无礼"。隆準公，指刘邦。隆，高大。準，鼻子。

⑲ 调鼎鼐：鼐，大鼎。古时以宰相治理国事，如鼎鼐之调五味。此指执掌朝政。

⑳ 吾侪：我辈，我们这些人。

㉑ 邂逅：偶然遇见。

㉒ 苗裔：后代。

㉓ 陵替：衰微低落。指汉王朝纲纪废弛，统治失效。

㉔ 经纶：整理过的蚕丝，喻指政治规划。

㉕ 斋戒：古人在祭祀或行大礼前沐浴更衣，不喝酒、不吃荤，表示诚心致敬。

㉖ 鉴原：客套话，用于请人谅解。

㉗ 彤云：下雪时，天空密布的浓云。

㉘ 太虚：天空。

㉙ 悒怏：愁闷不乐的样子。

㉚ 揲蓍（shé shī）：卜卦的一种方式。

㉛ 昔齐桓公欲见东郭野人，五反而方得一面：春秋时期，齐桓公曾亲自去看一个小臣，三次都没见到，仍不听旁人不要他再往的劝说，终于在第五次得见了。这里说的东郭野人就是指原来故事里的"小臣"。

㉜ 纶（guān）巾：用丝带制成的一种冠巾，后来又名"诸葛巾"。

解读

　　三顾草庐是几百年来人们津津乐道的三国故事。它在小说中对刘备、诸葛亮形象的塑造，蜀汉事业的发展，魏、蜀、吴三方势力变化趋向的影响都是极为重要的。作者神思遨游、殚精竭虑地调动适宜的艺术手段，饱墨淋漓地创造出既符合生活逻辑，又具有很高审美价值的情节，获取了永久性的艺术魅力。

　　刘备创业之初曾亲至隆中拜访诸葛亮，请其出山相助，以建树恢复汉室的不朽功业，在史料中是有明确记载的。《三国志·蜀书·诸葛亮传》说，刘备驻扎新野时，徐庶前来投奔，深得刘备的器重。他向刘备荐举诸葛亮，称誉亮为卧龙。刘备叫徐庶把诸葛亮带来，庶曰："此人可就见，不可屈致也。将军宜枉驾顾之。"于是刘备才"诣亮，凡三往，乃见"。诸葛亮在《出师表》内亦称"三顾臣于草庐之中"。裴松之在亮的《本传》注引《魏略》和《九州春秋》还有另种说法，其云诸葛亮曾经去樊城向刘备提出过将游户转为当地户籍，以便从中抽丁征兵的建议，刘备还采纳了这个意见。罗贯中却将史料为我所用，凭借"三顾草庐"一事，着力表现刘备惜才选能、求贤若渴、真诚待士的明君美德。同时，为小说逐步展开描写诸葛亮的经天纬地之才、忠贞奋勉的美德、兴蜀的丰功伟绩，吹响了前奏曲。因此，作者以潇洒俊逸又熨帖入微之笔，于这一精彩片段中强化了铺垫、烘托、对比和润饰等艺术效果。

　　刘备尚未动身去拜见诸葛亮之前，小说于第三十六回临尾处，通过徐庶之口就使其人的声望深深触及刘备之心。"此人乃绝代奇才，使君急宜枉驾见之。若此人肯相辅佐，何愁天下不定乎！"徐庶的话立刻与刘备记忆中水镜先生之语"伏龙、凤雏，两人得一，可安天下"对接起来，催发了刘备前谒诸葛亮的决心。然而，徐庶担心诸葛亮不肯出山，他的话成为泡影，特意乘马来劝诸葛亮。结果，他的密友断然回绝："君以我

为享祭之牺牲乎!"搞得徐庶"羞惭而退",也为刘备求才访贤之难,重重地垫上了一笔。就在刘备"正安排礼物,欲往隆中谒亮"之际,行文再度盘旋,出现了司马徽对刘备兄弟三人评说诸葛亮:"每常自比管仲、乐毅,其才不可量也。"关羽听了大不以为然,认为管、乐是战国名人,功盖寰宇,与之相比,岂不太过。这便引出司马徽自抒己见:"可比兴周八百年之姜子牙,旺汉四百年之张子房也。"听过之后"众皆愕然",诸葛亮的匡世奇才愈加坚定了刘备礼贤意愿。刘备矢志三顾隆中草庐,至此就做好了铺石垫路的文章。

与铺垫手法相关联的则是情节推进过程中烘托技巧的运用,其中包括自然景物和展现在卧龙冈各种人物的描写。刘备一顾草庐,来时想急切地见到诸葛亮,卧龙冈景物虽美,外物难入心境。一顾扑空,内心失落之感引发的精神空虚亟待填补,返回的路上固然要几步一徘徊,顾盼之姿、恋恋不舍之情浮漾纸上。此刻刘备回望的美景:"山不高而秀雅,水不深而澄清;地不广而平坦,林不大而茂盛;猿鹤相亲,松篁交翠",这正是以清幽的雅境烘托超凡拔俗的贤才高士。刘备二顾草庐,时值隆冬,天寒地冻,朔风飞雪,放眼望去"山如玉簇,林似银妆"。此处景物烘托的旨意和"一顾"有着两点变化,首先说明刘备不避风雪,冒着严寒去访贤,什么困难也阻挡不了求才的决心与诚意。另者暗示刘备迫切招揽的人才,其品格、心灵的高洁如"玉簇、银妆"。人景俱佳,二美相衬,可谓人杰地灵。

文中还多次利用次要人物烘托诸葛亮的人格魅力和拔尖的才略。一顾中写了博陵崔州平的形象,"容貌轩昂,丰姿俊爽,头戴逍遥巾,身穿皂布袍",刘备认为必定是诸葛亮。判断错误使刘备的心理经受了一次从惊喜到失望的冲击,也表明了诸葛亮的形象超出了刘备的想象。这误中生奇,是在不露痕迹地表现刘备对诸葛亮认识的不断深化。二顾中发生了"三误三奇",这些误导的途径与前文亦有不同。先是闻其声误其人;刘备听罢酒店两人作歌,则推断"卧龙其在此间乎!"原来,仍是诸葛亮的密友颍川石广元与汝南孟公威。不过,崔州平是因形而误,石、孟二

人是以言致错，由貌到神，逐层烘托，渐渐贴近主要人物诸葛亮。再是草庐内的误认，童子的话、门上的对联、少年抱膝吟歌，三者扭在一起，形成散点聚焦。眼前现实的识别，应该是没错了，何况司马徽描绘的诸葛亮亦是"抱膝长吟"呢，最后还是错了！接连两误，越误越奇，访贤求才似乎也变得比事先预料的难度还要大，诸葛亮也变得比预想的要更神奇。然而，作者又变换笔法，远镜头、广角度、全方位地勾勒出一位形象，"小桥之西，一人暖帽遮头，狐裘蔽体，骑着一驴，后随一青衣小童，携一葫芦酒，踏雪而来"，口诵咏雪叹梅之诗。刘备相其貌，真是清高闲适，而闻其歌又是雅音隽永，因而认定："此真卧龙矣！"到头来，还是误认，前次是以弟为兄，这回则将岳丈当女婿。两顾草庐先后四误，被错认者与主人翁的关系是逐渐拉近，而诸葛亮的影子就在步步烘托中清晰地呈现出来。

刘备屈尊枉驾、礼贤下士的态度，在与情同手足的兄弟对比上，表现得更为鲜明、动人。一顾碰壁，刘备"惆怅不已"，张飞讲得干脆，"既不见，自归去罢了。"关羽比三弟留有余地，表示"不如且归，再使人来探听"。兄弟间的差异判然可辨。二顾冒风寒，张飞心理承受不了，不是怕冷，"但恐哥哥空劳神思"。刘备求贤心理有着政治追求的强大支柱，为实现恢复汉室的既定政治目标，就是刀山火海也在所不辞。他听张飞说："量一村夫，何必哥哥自去，可使人唤来便了。"刘备自有政治家不可动摇的价值取向，兄弟的感情用事，断不能冲击他求贤的心理，"孔明当世大贤，岂可召乎！""如弟辈怕冷，可先回去"，不然"勿多言，只相随同去"。在招贤求才的问题上，兄弟之间也只能保持一致。刘备在草庐内向诸葛均询问其兄熟谙韬略情况，张飞又不耐烦地说："问他则甚！风雪甚紧，不如早归。"刘备当即"叱止之"。三顾之时，连知书达理的关羽也提出了异议："兄长两次亲往拜谒，其礼太过矣。想诸葛亮有虚名而无实学，故避而不敢见。兄何惑于斯人之甚也！"刘备用齐桓公五访东郭野人的求贤典故，表明自己招引贤才的大事还是刚刚起步，绝不可半途而废。张飞使起匹夫之勇的性子，嚷着："今番不须哥哥去；他如

不来，我只用一条麻绳缚将来！"刘备用文王谒姜子牙的史实，来对照自身的行为，"文王且如此敬贤，汝何太无礼！"刘备礼贤爱才之情，常常植根于类如齐桓公、周文王的大事业上，在兄弟三人态度的对比中，这是非常明确的。

刘备三顾草庐的情节描述明显地穿插更多的诗歌，加强对行文的润饰，丰富情节的意蕴，内含世情哲理，映托人物形象。刘备兄弟身临隆中，声声入耳的便是农夫歌唱的《荷锄者之歌》。唱者自云为卧龙先生所作："苍天如圆盖，陆地似棋局……南阳有隐居，高眠卧不足！"古朴自然的诗句，创造了一种闲适自得的气氛。在"荣者自安安，辱者定碌碌"的对比中，折射出隆中风韵，与淡泊世情、隐遁山林的高士诸葛亮的身影。接下来是描绘卧龙居处的一首歌行体："襄阳城西二十里，一带高冈枕流水……专待春雷惊梦回，一声长啸安天下。"诗歌以景取境，工笔细描卧龙冈自然风貌，奠定了一尘不染、清幽闲雅的基调。转而境中寓人，点明居者的高洁情趣、不凡的心志和富赡的才能。煞尾重锤擂鼓，用象征笔法预言卧龙腾飞，君臣际会、龙虎风云，诸葛亮大展鸿图，创建蜀汉事业。

刘备二顾草庐，路经道旁酒店，听到店内传来的《壮士功名歌》和《隐者之歌》。前者化用李白的《梁甫吟》流露壮士渴望功名的情怀。诗中运用吕尚、郦食其的典故，表达明主难遇、待时建功的感慨和志愿。后者倾吐隐者的衷曲，虽有抚时念乱之情，却怀远祸避灾之心。面对动乱不宁、干戈扰攘的世道，只好独善其身，保持自洁的操守。两诗从正反不同的方面，揭示诸葛亮出山前的矛盾心理，隐约抨击社会的黑暗。刘备闻诸葛均歌咏"凤翱翔于千仞兮，非梧不栖……聊寄傲于琴书兮，以待天时"，所以能误认是其兄，就在于这首骚体小诗表露的主旨，恰与刘备碰心。隐士企盼明主，明主何尝不期待贤才出山辅佐，共建伟业呢。诸葛亮岳父黄承彦所吟"一夜北风寒，万里彤云厚……骑驴过小桥，独叹梅花瘦"，抒发士人的雅趣和高旷纯洁的审美情味，透露隐者内心世界的洁美。第三十七回末尾的七律是为刘备风雪访孔明，不遇空回、跋涉

徒劳而发出的慨叹，表达了贤才难觅、惜才情深的心理感受，是为下一步写君臣相得打下厚实的思想基础。三顾时刘备等候诸葛亮醒来，听到他吟诵的大梦歌："大梦谁先觉？平生我自知。草堂春睡足，窗外日迟迟。"这是韵味曲包、寓意遥深的五绝。明写日常生活琐细的现象，暗指在如梦的人生中一旦彻悟，就能抖擞精神、信心倍增，实现超越自我。久蛰草堂的卧龙，"春睡已足"，就要乘时腾飞了。总之，小说借助诗歌含蓄蕴藉、审美空间深广的特点，在三顾草庐情节展开过程相继插入体裁各异的诗歌，由淡到浓，多侧面地层层润饰、渲染，使即将亮相的人物形象气韵生动、精神弥满。

赵子龙单骑救阿斗

　　却说玄德引十数万百姓、三千馀军马，一程程挨着往江陵进发。赵云保护老小，张飞断后。孔明曰："云长往江夏去了，绝无回音，不知若何。"玄德曰："敢烦军师亲自走一遭。刘琦感公昔日之教，今若见公亲至，事必谐矣。"孔明允诺，便同刘封引五百军先往江夏求救去了。当日玄德自与简雍、糜竺、糜芳同行。正行间，忽然一阵狂风就马前刮起，尘土冲天，平遮红日。玄德惊曰："此何兆也？"简雍颇明阴阳，袖占一课，失惊曰："此大凶之兆也。应在今夜。主公可速弃百姓而走。"玄德曰："百姓从新野相随至此，吾安忍弃之？"雍曰："主公若恋而不弃，祸不远矣。"玄德问："前面是何处？"左右答曰："前面是当阳县。有座山名为景山。"玄德便教就此山扎住。时秋末冬初，凉风透骨；黄昏将近，哭声遍野。至四更时分，只听得西北喊声震地而来。玄德大惊，急上马引本部精兵二千馀人迎敌。曹兵掩至①，势不可当。玄德死战。正在危迫之际，幸得张飞引军至，杀开一条血路，救玄德望东而走。文聘当先拦住，玄德骂曰："背主之贼，尚有何面目见人！"文聘羞惭满面，引兵自投东北去了。张飞保着玄德，且战且走。奔至天明，闻喊声渐渐远去，玄德方才歇马。看手下随行人，止有百馀骑；百姓、老小并糜竺、糜芳、简雍、赵云等一干人，皆不知下落。玄德大哭曰："十数万生灵，皆因恋我，遭此大难；诸将及老小，皆不知存亡：虽土木之人，宁不悲乎！"

正凄惶时，忽见糜芳面带数箭，跟跄而来，口言："赵子龙反投曹操去了也！"玄德叱曰："子龙是我故交，安肯反乎？"张飞曰："他今见我等势穷力尽，或者反投曹操，以图富贵耳！"玄德曰："子龙从我于患难，心如铁石，非富贵所能动摇也。"糜芳曰："我亲见他投西北去了。"张飞曰："待我亲自寻他去。若撞见时，一枪刺死！"玄德曰："休错疑了。岂不见你二兄诛颜良、文丑之事乎？子龙此去，必有事故。吾料子龙必不弃我也。"张飞那里肯听，引二十馀骑，至长坂桥。见桥东有一带树木，飞生一计：教所从二十馀骑，都砍下树枝，拴在马尾上，在树林内往来驰骋，冲起尘土，以为疑兵。飞却亲自横矛立马于桥上，向西而望。

却说赵云自四更时分，与曹军厮杀，往来冲突，杀至天明，寻不见玄德，又失了玄德老小。云自思曰："主公将甘、糜二夫人与小主人阿斗，托付在我身上；今日军中失散，有何面目去见主人？不如去决一死战，好歹要寻主母与小主人下落！"回顾左右，只有三四十骑相随。云拍马在乱军中寻觅，二县百姓号哭之声，震天动地；中箭着枪、抛男弃女而走者，不计其数。赵云正走之间，见一人卧在草中，视之，乃简雍也。云急问曰："曾见两位主母否？"雍曰："二主母弃了车仗，抱阿斗而走。我飞马赶去，转过山坡，被一将刺了一枪，跌下马来，马被夺了去。我争斗不得，故卧在此。"云乃将从骑所骑之马，借一匹与简雍骑坐；又着二卒扶护简雍先去报与主人："我上天入地，好歹寻主母与小主人来。如寻不见，死在沙场上也！"

说罢，拍马望长坂坡而去。忽一人大叫："赵将军那里去？"云勒马问曰："你是何人？"答曰："我乃刘使君帐下护送

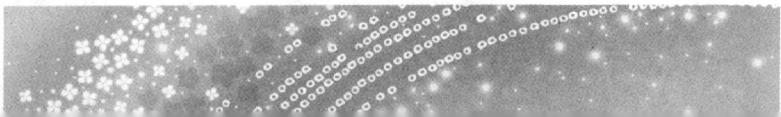

车仗的军士，被箭射倒在此。"赵云便问二夫人消息。军士曰："恰才见甘夫人披头跣足，相随一伙百姓妇女，投南而走。"云见说②，也不顾军士，急纵马望南赶去。只见一伙百姓，男女数百人，相携而走。云大叫曰："内中有甘夫人否？"夫人在后面望见赵云，放声大哭。云下马插枪而泣曰："使主母失散，云之罪也！糜夫人与小主人安在？"甘夫人曰："我与糜夫人被逐，弃了车仗，杂于百姓内步行，又撞见一支军马冲散。糜夫人与阿斗不知何往。我独自逃生至此。"正言间，百姓发喊，又撞出一枝军来。赵云拔枪上马看时，面前马上绑着一人，乃糜竺也。背后一将，手提大刀，引着千徐军，乃曹仁部将淳于导，拿住糜竺，正要解去献功。赵云大喝一声，挺枪纵马，直取淳于导。导抵敌不住，被云一枪刺落马下，向前救了糜竺，夺得马二匹。云请甘夫人上马，杀开条大路，直送至长坂坡。只见张飞横矛立马于桥上，大叫："子龙！你如何反我哥哥？"云曰："我寻不见主母与小主人，因此落后，何言反耶？"飞曰："若非简雍先来报信，我今见你，怎肯干休也！"云曰："主公在何处？"飞曰："只在前面不远。"云谓糜竺曰："糜子仲保甘夫人先行，待我仍往寻糜夫人与小主人去。"言罢，引数骑再回旧路。

正走之间，见一将手提铁枪，背着一口剑，引十数骑跃马而来。赵云更不打话，直取那将。交马只一合，把那将一枪刺倒，从骑皆走。原来那将乃曹操随身背剑之将夏侯恩也。曹操有宝剑二口：一名"倚天"，一名"青釭"；倚天剑自佩之，青釭剑令夏侯恩佩之。那青釭剑砍铁如泥，锋利无比。当时夏侯恩自恃勇力，背着曹操，只顾引人抢夺掳掠。不想撞着赵云，被他一枪刺死，夺了那口剑，看靶上有金嵌"青釭"二字，方

知是宝剑也。云插剑提枪，复杀入重围；回顾手下从骑，已没一人，只剩得孤身。云并无半点退心，只顾往来寻觅；但逢百姓，便问糜夫人消息。忽一人指曰："夫人抱着孩儿，左腿上着了枪，行走不得，只在前面墙缺内坐地。"

赵云听了，连忙追寻。只见一个人家，被火烧坏土墙，糜夫人抱着阿斗，坐于墙下枯井之旁啼哭。云急下马伏地而拜。夫人曰："妾得见将军，阿斗有命矣。望将军可怜他父亲飘荡半世，只有这点骨血。将军可护持此子，教他得见父面，妾死无恨！"云曰："夫人受难，云之罪也。不必多言，请夫人上马。云自步行死战，保夫人透出重围。"糜夫人曰："不可！将军岂可无马！此子全赖将军保护。妾已重伤，死何足惜！望将军速抱此子前去，勿以妾为累也。"云曰："喊声将近，追兵已至，请夫人速速上马。"糜夫人曰："妾身委实难去，休得两误。"乃将阿斗递与赵云曰："此子性命全在将军身上！"赵云三回五次请夫人上马，夫人只不肯上马。四边喊声又起。云厉声曰："夫人不听吾言，追军若至，为之奈何？"糜夫人乃弃阿斗于地，翻身投入枯井中而死。后人有诗赞曰：

> 战将全凭马力多，步行怎把幼君扶？
> 拚将一死存刘嗣③，勇决还亏女丈夫④。

赵云见夫人已死，恐曹军盗尸，便将土墙推倒，掩盖枯井。掩讫，解开勒甲绦⑤，放下掩心镜，将阿斗抱护在怀，绰枪上马。早有一将，引一队步军至，乃曹洪部将晏明也，持三尖两刃刀来战赵云。不三合，被赵云一枪刺倒，杀散众军，冲开一条路。正走间，前面又一支军马拦路。当先一员大将，旗

号分明，大书"河间张郃"。云更不答话，挺枪便战。约十馀合，云不敢恋战，夺路而走。背后张郃赶来，云加鞭而行，不想跶跶⑥一声，连马和人，颠入土坑之内。张郃挺枪来刺，忽然一道红光，从土坑中滚起，那匹马平空一跃，跳出坑外。后人有诗曰：

红光罩体困龙飞，征马冲开长坂围。
四十二年真命主⑦，将军因得显神威。

张郃见了，大惊而退。赵云纵马正走，背后忽有二将大叫："赵云休走！"前面又有二将，使两般军器，截住去路：后面赶的是马延、张颉，前面阻的是焦触、张南，都是袁绍手下降将。赵云力战四将，曹军一齐拥至。云乃拔青釭剑乱砍，手起处，衣甲平过，血如泉涌。杀退众军将，直透重围。

却说曹操在景山顶上，望见一将，所到之处，威不可当，急问左右是谁。曹洪飞马下山大叫曰："军中战将可留姓名！"云应声曰："吾乃常山赵子龙也！"曹洪回报曹操。操曰："真虎将也！吾当生致之。"遂令飞马传报各处："如赵云到，不许放冷箭，只要捉活的。"因此赵云得脱此难；此亦阿斗之福所致也。这一场杀：赵云怀抱后主，直透重围，砍倒大旗两面，夺槊三条；前后枪刺剑砍，杀死曹营名将五十馀员。后人有诗曰：

血染征袍透甲红⑧，当阳谁敢与争锋！
古来冲阵扶危主，只有常山赵子龙。

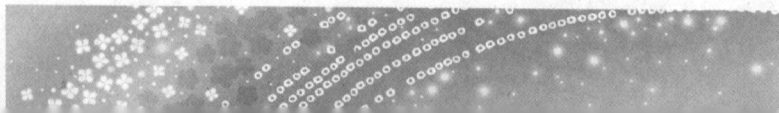

赵云当下杀透重围，已离大阵，血满征袍。正行间，山坡下又撞出两支军，乃夏侯惇部将钟缙、钟绅兄弟二人，一个使大斧，一个使画戟，大喝："赵云快下马受缚！"正是：才离虎窟逃生去，又遇龙潭鼓浪来……

却说钟缙、钟绅二人拦住赵云厮杀。赵云挺枪便刺，钟缙当先挥大斧来迎。两马相交，战不三合，被云一枪刺落马下，夺路便走。背后钟绅持戟赶来，马尾相衔，那支戟只在赵云后心内弄影。云急拨转马头，恰好两胸相拍。云左手持枪隔过画戟，右手拔出青釭宝剑砍去，带盔连脑，砍去一半，绅落马而死，馀众奔散。赵云得脱，望长坂桥而走。只闻后面喊声大震，原来文聘引军赶来。赵云到得桥边，人困马乏。见张飞挺矛立马于桥上，云大呼曰："翼德援我！"飞曰："子龙速行，追兵我自当之。"

云纵马过桥，行二十馀里，见玄德与众人憩于树下。云下马伏地而泣。玄德亦泣。云喘息而言曰："赵云之罪，万死犹轻！糜夫人身带重伤，不肯上马，投井而死，云只得推土墙掩之。怀抱公子，身突重围；赖主公洪福，幸而得脱。适来公子尚在怀中啼哭，此一会不见动静，多是不能保也。"遂解视之，原来阿斗正睡着未醒。云喜曰："幸得公子无恙！"双手递与玄德。玄德接过，掷之于地曰："为汝这孺子，几损我一员大将！"赵云忙向地下抱起阿斗，泣拜曰："云虽肝脑涂地，不能报也！"后人有诗曰：

曹操军中飞虎出，赵云怀内小龙眠。
无由抚慰忠臣意⑨，故把亲儿掷马前。

（引自《三国演义》第四十一、第四十二回）

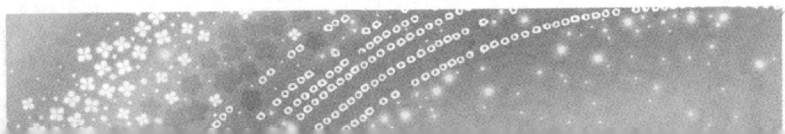

名家解读中外文学名著书系

【注释】

① 掩：乘人不备而进袭。

② 见说：听说。

③ 嗣：继承人，子孙。

④ 丈夫：才气过人者，英雄。

⑤ 绦（tāo）：丝编的腰带。

⑥ 趷跶（gé tà）：这里形容跌倒的声音。

⑦ 四十二年真命主：指阿斗后来做了蜀汉皇帝，在位 42 年。真命主，天帝意志决定的一国君主。

⑧ 甲：铠甲。古时为防御兵刃用金属制的衣服。

⑨ 无由：没有什么办法。

解读

　　小说对长坂坡这场恶战的描写，塑造了蜀汉集团的虎将赵云勇冠三军的光辉形象，歌颂了他奋不顾身、藐视强敌、忠贞坚毅、果敢机警的英雄美德。

　　曹操亲统大军南征，正逢荆州之主刘表病亡，其妻蔡氏以次子刘琮嗣位，投降曹操。刘备被迫离新野、弃樊城、走当阳，曹军势如潮涌，紧追不舍，席卷而至。刘备身边的文士简雍、糜竺，武将赵云、糜芳，家属甘夫人、糜夫人和阿斗，还有跟随的士兵、百姓，全部被凶悍的曹军冲得七零八落，不知去向。在撤退的行进路上，赵云担负着"保护老小"的重任。但军民退到当阳县景山附近，赵云在夜间四更时分就与曹兵展开殊死的搏斗，杀到天明已不见刘备家属。偌大的战场、混乱的局面，要寻到甘、糜二夫人和小主人阿斗谈何容易！然而，出于对刘备集团救国安民事业的赤胆忠心，赵云单枪匹马，将生死置之度外，屡闯敌阵，左冲右突，在乱军中救出了简雍，夺回了为曹军俘虏的糜竺，找到了甘夫人，又杀开血路，护送二人直到长坂坡。随后马不停蹄，再度投入战

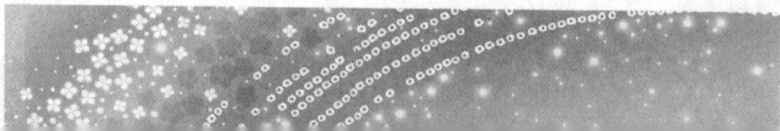

斗，刺死敌将夏侯恩，获得青钉宝剑，如虎添翼。终于在一堵烧毁的土墙下看见了抱着阿斗的糜夫人。腿带枪伤的糜夫人怕成累赘，把阿斗交给赵云后，转身跳进枯井之中。赵云推倒土墙，掩盖住糜夫人的尸体，怀揣阿斗，枪刺剑砍，冲出重围。其间赵云"砍倒大旗两面，夺槊三条；前后杀死曹营名将五十余员"，踏过刀山火海，最后抱着阿斗安然无恙回到刘备身边。罗贯中在描写这场纷繁复杂、惊心动魄的混战情景，及表现赵云虎将美德和英雄性格时，匠心独运、技巧高妙，略加品味便会令人啧啧称羡。

刻画人物形象以侧笔取势，造成悬念，引人入胜。刘备的队伍为曹军击溃之后，幸好张飞保驾，且战且退，直到天亮才甩掉尾追和阻截。歇马检点随行人员，刘备发现原来跟同撤离的百姓、家眷，并糜竺、糜芳、简雍、赵云等千余人皆不见踪影，不知存亡。正凄惶悲痛之时，突然又传来了使人恼恨的消息。糜芳一口咬定说："赵子龙反投曹操去了也！"在严峻的生死存亡大决斗的情势下，这消息如晴天霹雳，立刻引起强烈的反响。尽管刘备深信："子龙是我故交，安肯反乎？""子龙从我于患难，心如铁石，非富贵所能动摇也。"但是糜芳不断声称是他亲眼见到赵云投奔西北曹军方向去了。张飞不仅没有怀疑糜芳说出的情报，而且分析说赵云"今见我等势穷力尽，或者反投曹操，以图富贵耳！"所以，他听不进刘备的解释和看法，愤怒地表示："待我亲自寻他去。若撞见时，一枪刺死！"说着带领二十余骑到长坂桥，他横矛立马于桥上，向西张望动静。

作品在正面描写赵云驰骋沙场，不顾安危，奋力拼搏寻救甘、糜夫人、阿斗和战友之前，先以侧笔大力渲染人们对他失踪的误解，形成审美悬念，以便在误解与实际的强烈反差中显示人物的光辉与高大。当文中写到赵云怀抱着阿斗，不断杀退蜂拥而来的曹军兵将，直透重围的时候，为突出赵云神勇无敌的虎将形象，再用侧笔来从旁衬托，加强美学效果。作者摄入了这样的特写镜头："曹操在景山顶上，望见一将，所到之处，威不可当，急问左右是谁。曹洪飞马下山大叫曰：'军中战将可留

姓名!'云应声曰:'吾乃常山赵子龙也!'"曹洪回报曹操。操曰:"'真虎将也!吾当生致之。'遂令飞马传报各处:'如赵云到,不许放冷箭,只要捉活的。'"赵云的骁勇善战、英姿豪气的神貌,凭借曹操的从旁赞叹,愈加光彩焕发,如在眼前。

赵云单骑救阿斗的情节也有很大篇幅的正面描写,不过作品采取先侧后正,再由正面刻画转入侧烘旁衬,正侧配合,笔姿灵动,优势互补。在正面描写的行文中虽有浓墨重彩的铺叙,却能用于揭示人物性格的关键之处,详者扣人心弦,略者意脉贯通,疏密相间,选材用墨使读者颇有披沙拣金之叹。就在糜芳、张飞愤怒声讨赵云投敌叛变的同时,作者以分叙的方法详写了濒危中赵云的心理活动:"主公将甘、糜二夫人与小主人阿斗,托付在我身上;今日军中失散,有何面目去见主人?不如去决一死战,好歹要寻主母与小主人下落!"他回顾左右,虽然只剩下"三四十骑相随",也毅然决然拍马冲入乱军中寻觅。在张飞、糜芳态度的衬托下,赵云忠于职守的思想,坚贞顽强的品德真是闪闪发光。还有赵云夺得青釭宝剑,找到糜夫人与怀护阿斗杀出重围的曲折过程,皆属不吝笔墨的详述,有力地表现了赵云的英武豪壮、忠义机警的性格。总而言之,刻画人物形象少不得工笔细描,而扩展人物活动的天地,丰富故事包蕴的内容,又需要简笔概叙,两者相间以迭乘,故事才能舒卷百态,流利生动。

赵云单骑救阿斗的这段故事头绪多,出场的人物也不少,但作者组织安排得井井有条、严密工巧。全段以刻画赵云的人物形象为主线,由赵云这个中心人物把发生在不同时间、不同地点的人与事贯穿起来,形成完整的、相互联系又富有活力的有机体。刘备与撤退的百姓、士兵、家眷、身边的文武官员失散之后,第一个露面的虽是糜芳,但与他俱来的却是赵云投降的假情报。以此引出赵云往返冲杀、搭救刘氏集团中落难的人物,枪刺剑劈曹军的将领,故事情节亦在深入展开。简雍中枪卧在草中是赵云见到的,并由他的口中赵云得知了甘、糜二夫人被曹兵追击,放弃车仗抱着阿斗逃跑。甘夫人和糜夫人失散的消息是护送车仗、

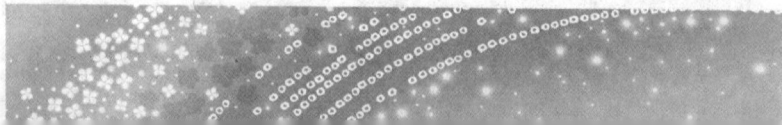

中箭倒地的军士告诉赵云的。于是依据军士提供的线索，赵云找到甘夫人，又解救了被曹军捉住，捆在马上的糜竺。糜夫人和阿斗的下落是赵云从逃难的百姓处听到的。繁多的头绪，各方面的情况由赵云一线串联，详尽周到、一笔不漏。清晰的脉络，圆活流走的文势，纷披开张却不散乱的内容，构成一段古今奇文，堪称叙事文学中的精品。

舌战群儒

却说鲁肃、孔明辞了玄德、刘琦，登舟望柴桑郡来。二人在舟中共议。鲁肃谓孔明曰："先生见孙将军，切不可实言曹操兵多将广。"孔明曰："不须子敬叮咛，亮自有对答之语。"及船到岸，肃请孔明于馆驿中暂歇，先自往见孙权。权正聚文武于堂上议事，闻鲁肃回，急召入问曰："子敬往江夏，体探虚实若何？"肃曰："已知其略，尚容徐禀。"权将曹操檄文示肃曰："操昨遣使赍文至此[①]，孤先发遣来使，现今会众商议未定。"肃接檄文观看。其略曰：

　　孤近承帝命，奉词伐罪。旌麾南指[②]，刘琮束手；荆襄之民，望风归顺。今统雄兵百万，上将千员，欲与将军会猎于江夏，共伐刘备，同分土地，永结盟好。幸勿观望，速赐回音。

鲁肃看毕曰："主公尊意若何？"权曰："未有定论。"张昭曰："曹操拥百万之众，借天子之名，以征四方，拒之不顺。且主公大势可以拒操者，长江也。今操既得荆州，长江之险，已与我共之矣，势不可敌。以愚之计，不如纳降，为万安之策。"众谋士皆曰："子布之言，正合天意。"孙权沉吟不语。张昭又曰："主公不必多疑。如降操，则东吴民安，江南六郡可保矣。"孙权低头不语。须臾，权起更衣，鲁肃随于权后。

《三国演义》全新解读

权知肃意，乃执肃手而言曰："卿欲如何？"肃曰："恰才众人所言，深误将军。众人皆可降曹操，惟将军不可降曹操。"权曰："何以言之？"肃曰："如肃等降操，当以肃还乡党，累官故不失州郡也；将军降操，欲安所归乎？位不过封侯，车不过一乘，骑不过一匹，从不过数人，岂得南面称孤哉！众人之意，各自为己，不可听也。将军宜早定大计。"权叹曰："诸人议论，大失孤望。子敬开说大计，正与吾见相同。此天以子敬赐我也！但操新得袁绍之众，近又得荆州之兵，恐势大难以抵敌。"肃曰："肃至江夏，引诸葛瑾之弟诸葛亮在此，主公可问之，便知虚实。"权曰："卧龙先生在此乎？"肃曰："现在馆驿中安歇。"权曰："今日天晚，且未相见。来日聚文武于帐下，先教见我江东英俊，然后升堂议事。"

肃领命而去。次日至馆驿中见孔明，又嘱曰："今见我主，切不可言曹操兵多。"孔明笑曰："亮自见机而变，决不有误。"肃乃引孔明至幕下。早见张昭、顾雍等一班文武二十馀人，峨冠博带，整衣端坐。孔明逐一相见，各问姓名。施礼已毕，坐于客位。张昭等人见孔明丰神飘洒，器宇轩昂，料道此人必来游说。张昭先以言挑之曰："昭乃江东微末之士，久闻先生高卧隆中，自比管、乐。此语果有之乎？"孔明曰："此亮平生小可之比也。"昭曰："近闻刘豫州三顾先生于草庐之中，幸得先生，以为'如鱼得水'，思欲席卷荆襄。今一旦以属曹操，未审是何主见？"孔明自思张昭乃孙权手下第一个谋士，若不先难倒他，如何说得孙权，遂答曰："吾观取汉上之地，易如反掌。我主刘豫州躬行仁义，不忍夺同宗之基业，故力辞之。刘琮孺子，听信佞言，暗自投降，致使曹操得以猖獗。今我主屯兵江夏，别有良图，非等闲可知也。"昭曰："若此，是先生言

行相违也。先生自比管、乐——管仲相桓公，霸诸侯，一匡天下；乐毅扶持微弱之燕，下齐七十馀城[3]：此二人者，真济世之才也。先生在草庐之中，但笑傲风月，抱膝危坐[4]。今既从事刘豫州，当为生灵兴利除害，剿灭乱贼。且刘豫州未得先生之前，尚且纵横寰宇，割据城池；今得先生，人皆仰望。虽三尺童蒙，亦谓彪虎生翼，将见汉室复兴，曹氏即灭矣。朝廷旧臣，山林隐士，无不拭目而待：以为拂高天之云翳，仰日月之光辉，拯民于水火之中，措天下于衽席之上[5]，在此时也。何先生自归豫州，曹兵一出，弃甲抛戈，望风而窜；上不能报刘表以安庶民，下不能辅孤子而据疆土；乃弃新野，走樊城，败当阳，奔夏口，无容身之地：是豫州既得先生之后，反不如其初也。管仲、乐毅，果如是乎？愚直之言，幸勿见怪！"孔明听罢，哑然而笑曰[6]："鹏飞万里，其志岂群鸟能识哉？譬如人染沉疴[7]，当先用糜粥以饮之，和药以服之；待其腑脏调和，形体渐安，然后用肉食以补之，猛药以治之：则病根尽去，人得全生也。若不待气脉和缓，便投以猛药厚味，欲求安保，诚为难矣。吾主刘豫州，向日军败于汝南，寄迹刘表，兵不满千，将止关、张、赵云而已：此正如病势尪羸已极之时也[8]。新野山僻小县，人民稀少，粮食鲜薄，豫州不过暂借以容身，岂真将坐守于此耶？夫以甲兵不完，城郭不固，军不经练，粮不继日，然而博望烧屯，白河用水，使夏侯惇、曹仁辈心惊胆裂：窃谓管仲、乐毅之用兵，未必过此。至于刘琮降操，豫州实出不知；且又不忍乘乱夺同宗之基业，此真大仁大义也。当阳之败，豫州见有数十万赴义之民，扶老携幼相随，不忍弃之，日行十里，不思进取江陵，甘与同败，此亦大仁大义也。寡不敌众，胜负乃其常事。昔高皇数败于项羽，而垓下一战成

功⑨，此非韩信之良谋乎？夫信久事高皇，未尝累胜。盖国家大计，社稷安危，是有主谋。非比夸辩之徒，虚誉欺人：坐议立谈，无人可及；临机应变，百无一能。——诚为天下笑耳！"这一篇言语，说得张昭并无一言回答。

座上忽一人亢声问曰："今曹公兵屯百万，将列千员，龙骧虎视⑩，平吞江夏，公以为何如？"孔明视之，乃虞翻也。孔明曰："曹操收袁绍蚁聚之兵，劫刘表乌合之众，虽数百万不足惧也。"虞翻冷笑曰："军败于当阳，计穷于夏口，区区求救于人，而犹言'不惧'，此真大言欺人也！"孔明曰："刘豫州以数千仁义之师，安能敌百万残暴之众？退守夏口，所以待时也。今江东兵精粮足，且有长江之险，犹欲使其主屈膝降贼，不顾天下耻笑。——由此论之，刘豫州真不惧操贼者矣！？"虞翻不能对。

座间又一人问曰："孔明欲效仪、秦之舌⑪，游说东吴耶？"孔明视之，乃步骘也。孔明曰："步子山以苏秦、张仪为辩士，不知苏秦、张仪亦豪杰也：苏秦佩六国相印，张仪两次相秦，皆有匡扶人国之谋，非比畏强凌弱，惧刀避剑之人也。君等闻曹操虚发诈伪之词，便畏惧请降，敢笑苏秦、张仪乎？"步骘默然无语。

忽一人问曰："孔明以曹操何如人也？"孔明视其人，乃薛综也。孔明答曰："曹操乃汉贼也，又何必问？"综曰："公言差矣。汉传世至今，天数将终。今曹公已有天下三分之二，人皆归心。刘豫州不识天时，强欲与争，正如以卵击石，安得不败乎？"孔明厉声曰："薛敬文安得出此无父无君之言乎！夫人生天地间，以忠孝为立身之本。公既为汉臣，则见有不臣之人，当誓共戮之：臣之道也。今曹操祖宗叨食汉禄，不思报

效，反怀篡逆之心，天下之所共愤；公乃以天数归之，真无父无君之人也！不足与语！请勿复言！"薛综满面羞惭，不能对答。

座上又一人应声问曰："曹操虽挟天子以令诸侯，犹是相国曹参之后⑫。刘豫州虽云中山靖王苗裔，却无可稽考，眼见只是织席贩屦之夫耳⑬，何足与曹操抗衡哉！"孔明视之，乃陆绩也。孔明笑曰："公非袁术座间怀桔之陆郎乎⑭？请安坐，听吾一言：曹操既为曹相国之后，则世为汉臣矣；今乃专权肆横，欺凌君父，是不惟无君，亦且蔑祖，不惟汉室之乱臣，亦曹氏之贼子也。刘豫州堂堂帝胄，当今皇帝，按谱赐爵，何云'无可稽考'？且高祖起身亭长，而终有天下；织席贩屦，又何足为辱乎？公小儿之见，不足与高士共语！"陆绩语塞。

座上一人忽曰："孔明所言，皆强词夺理，均非正论，不必再言。且请问孔明治何经典？"孔明视之，乃严畯也。孔明曰："寻章摘句，世之腐儒也，何能兴邦立事？且古耕莘伊尹⑮，钓渭子牙，张良、陈平之流，邓禹、耿弇之辈⑯，皆有匡扶宇宙之才，未审其生平治何经典。——岂亦效书生，区区于笔砚之间，数黑论黄⑰，舞文弄墨而已乎？"严畯低头丧气而不能对。

忽又一人大声曰："公好为大言，未必真有实学，恐适为儒者所笑耳。"孔明视其人，乃汝阳程德枢也。孔答曰："儒有君子小人之别。君子之儒，忠君爱国，守正恶邪，务使泽及当时⑱，名留后世。——若夫小人之儒，惟务雕虫⑲，专工翰墨；青春作赋，皓首穷经；笔下虽有千言，胸中实无一策。且如杨雄以文章名世⑳，而屈身事莽，不免投阁而死，此所谓小人之儒也；虽日赋万言，亦何取哉！"程德枢不能对。众人见孔明

对答如流，尽皆失色。

时座上张温、骆统二人，又欲问难。忽一人自外而入，厉声言曰："孔明乃当世奇才，君等以唇舌相难，非敬客之礼也。曹操大军临境，不思退敌之策，乃徒斗口耶！"众视其人，乃零陵人，姓黄，名盖，字公覆，现为东吴粮官。当时黄盖谓孔明曰："愚闻多言获利，不如默而无言。何不将金石之论为我主言之，乃与众人辩论也？"孔明曰："诸君不知世务，互相问难，不容不答耳。"于是黄盖与鲁肃引孔明入。至中门，正遇诸葛瑾，孔明施礼。瑾曰："贤弟既到江东，如何不来见我？"孔明曰："弟既事刘豫州，理宜先公后私。公事未毕，不敢及私。望兄见谅。"㉑瑾曰："贤弟见过吴侯，却来叙说。"说罢自去。

（引自《三国演义》第四十三回）

【注释】

① 赍（jī）：把东西送给人，这里指送交文书。

② 旌麾：意指军旗。旌，是古代旗杆头上用牦牛尾装饰的旗。麾，是古代用来指挥军队的旗。

③ 下：使之降服的意思。指燕国大将乐毅率军击破齐国，先后攻下七十多座城。

④ 危坐：端坐。古人坐与跪相似，坐时臀着脚掌，而腰身端正，为"危坐"。

⑤ 衽（rèn）：衽、席同义，都是坐卧的铺垫物。衽席之上，譬指安全舒适的地方。

⑥ 哑然：形容笑声。

⑦ 沉疴：久治不愈的病。

⑧ 尪羸（wáng léi）：瘦弱、瘠病。

⑨ 垓（gāi）下：地名，故址在今安徽灵璧县东南。项羽在此被刘邦军重重围困，遭到致命性打击。

⑩ 龙骧（xiāng）虎视：比喻雄才壮志，亦形容气概威武。龙虎，喻指豪杰之士。骧，头仰起。

⑪ 仪、秦：即张仪、苏秦，皆是战国时以雄辩著名的说客。

⑫ 曹参：汉初大臣，继萧何之后官至丞相。

⑬ 屦（jù）：古时用麻、葛等制作的鞋。

⑭ 怀橘：陆绩六岁时，曾在袁术处把待客人的橘子，从中拿3个藏在怀中，带给母亲，不巧拜辞时堕地，传为孝亲美谈。这里含有调侃揶揄之意。

⑮ 耕莘伊尹：语出《孟子·万章》："伊尹耕于有莘之野。"莘，古国名，商汤娶有莘氏之女；伊尹是陪嫁臣，后汤重用他，任以国政。

⑯ 邓禹、耿弇（yǎn）：两人都是东汉开国功臣。

⑰ 数黑论黄：黑指墨，黄指藤黄，均是绘画颜料。数、论，指摆弄文具和议论书本。

⑱ 泽：此指恩泽、德泽。

⑲ 雕虫：西汉时学童必须学习秦书几体，"虫书""刻符"是其中二体，故"雕虫"喻细小的技巧，后指作文。这里指辞赋琢句，不切实用，含鄙薄之意。

⑳ 杨雄：西汉辞赋家，在王莽的新朝做过官，因事跳楼自杀，几乎摔死。

㉑ 见谅：原谅我。见，我。

🔍 解读

本段文字是赤壁之战的重要组成部分。赤壁之战是小说描写的一次规模宏大、气势雄伟、波澜壮阔的战争，但从始至终贯穿着斗智的活动："舌战""智激""奇谋""密计""诈降""连环计"递接为智战的链条。

因此说，诸葛亮舌战群儒是赤壁之战的序幕，经此一战重创了以张昭为首的东吴主降派的气焰，踢开了孙刘联合抗曹的第一块绊脚石，为大战的胜利奠定了基础，"舌战"也就成了智战链条上极其美妙、瑰奇的一环。它展示了卓越的政治家、外交家诸葛亮的高大形象，肯定了他主张抗曹、反对投降的正义性与进步性，从一个侧面反映了他的奇才、智绝的品格。

这段文字开端点出了舌战的背景。中原霸主、朝中奸相曹操新得荆州、收编了刘表水陆两军之后，兵威大振，于是对孙权集团实施军事讹诈。东吴内部在曹操威胁恫吓、强大军事压力之下，引发了文官主降、武官主战的尖锐矛盾，孙权徘徊歧路、犹豫未决。一旦主降派得势，不只江东将变为曹操的囊中物，诸葛亮的隆中决策也要化为泡影。舌战绝不是儒生斗嘴架、摇唇鼓舌卖弄才学，而是关系到孙刘两大集团生死存亡、前途命运的大事。

舌战双方阵容分明：一方是"峨冠博带，整衣端坐"，主动进攻的群儒；另一方是被迫出击、孤军奋战的外交家、政治家、军事家诸葛亮。以一对七，众寡悬殊，形势严峻。不过，在张昭等人的眼里，对手是镇定自若、气度非凡、胸有成竹的"强敌劲旅"，所以张昭先发制人，企图压倒对手的气势。诸葛亮不能坐等围攻，立刻反唇还击，两人三次交锋，舌战逐步升级。张昭三问的内容不尽相同，核心只有一个，就是贬低诸葛亮的身价，迫使对方无地自容。他先以诸葛亮自比管、乐为引题，进而以刘备军事失利为把柄，最后得出诸葛亮名不副实、"言行相违"的结论。诸葛亮针锋相对，毫不躲闪回避。用"取汉上之地，易如反掌"表明自己充满自信的心理，然后以高屋建瓴之态，强调刘备"躬行仁义，不忍夺同宗之基业"，暗指得道比争城夺地更重要。这是刘备"屯兵江夏，别有良图"战略部署的民心支持，是稳操胜券的力量源泉，是军事斗争的灵魂。余者皆是用兵作战的方法问题，正像治病救人，需要对症下药，不能凭主观臆断，脱离实际去蛮干。诸葛亮抓住了张昭提问的根本要害，是拣着芝麻丢掉西瓜，指出这正是以"坐议立谈"为能事，为

天下人耻笑的"夸辩之徒"。诸葛亮三答有着不容否定的内在逻辑性，使张昭弄巧成拙，作茧自缚。

继张昭而起，向诸葛亮发难的是虞翻，这轮交锋是两问两答。虞翻表面上以尊重事实的态度，让诸葛亮说明如何看待曹操百万雄师的威力。诸葛亮抛开曹表面的虚假声威，透视事物的本质，一针见血指出"虽数百万"，实质是"蚁聚之兵""乌合之众"，"不足惧也"。虞翻用刘备兵败之短，嘲讽"不惧"是"大言欺人"，实际上是效法张昭的论辩伎俩，在刘备兵败问题上大做文章。诸葛亮越过一层，分析失败的原因是"残暴"对"仁义"的肆虐，这种失败是暂时的退却，是"待时"反攻的策略，在众寡悬殊的情势下是必要的，并不意味着畏敌逃跑。顺势揭露江东主降派的丑恶嘴脸，拥有御敌抗曹的优越条件，而"欲使其主屈膝降贼"，叫发难者自惭形秽。步骘接踵而来，与诸葛亮只舌战一个回合。他的打法别开生面，避开曹刘的话题，以苏秦、张仪讥笑诸葛亮，谈锋直逼对手本人。诸葛亮不是让人牵着走，被动地回答论敌的提问，而是对准他的致命伤狠狠一击，以苏秦、张仪的"匡扶人国之谋"与东吴主降派"惧刀避剑"卑鄙行径加以对比，讽刺他们因曹操讹诈就"畏惧请降"的无耻丑态。

步骘败下阵来，薛综又冲了上来。他与诸葛亮唇枪舌剑，斗了两个回合。第一个回合他把话题重新拉到曹刘身上，问如何评价曹操。诸葛亮斩钉截铁地表示："曹操乃汉贼也"。薛综也毫不掩饰以时世演变为根据进行反驳，认为曹操势力的勃兴是顺天时、得民心的。诸葛亮举起刘氏集团维护汉室的这面政治大旗，以君臣大义声讨曹操欺君背祖的罪恶，怒斥薛综"无父无君"，利用封建道德思想武器置论敌于死地。陆绩见薛综"满面羞惭"，败下阵来，马上出来挑战。他以曹刘两人门第身世的尊卑贵贱断定其成败，企图驳倒对手，扭转败局。诸葛亮改变战法，先用嗤笑表示蔑视，给论敌一个下马威，继而在曹刘身世对比中戳穿曹操"汉室乱臣""曹氏贼子"的本质。最后，以刘邦出身卑微而终成帝业的铁证，彻底否定了凭身世贵贱论英雄的荒唐谬说。只一次交锋陆绩就瞠

目结舌，招架不住了。随后严峻、程德枢跳出来先后向诸葛亮发难，皆撇开与曹刘有关的内容，而利用治经为学的老生常谈虚张声势，表明东吴主降派阵脚已乱。诸葛亮迎头痛击这些酸腐之论，以史为鉴强调了真正的人才应该是能"匡扶宇宙""忠君爱国，守正恶邪"，为民造福的人。无疑，这是在撕掉东吴主降派伪装才子的外衣，大出他们的洋相。张昭为代表的东吴主降派文臣看起来夸夸其谈、自鸣得意，实质上只是一些徒自夸辩斗口、无益于社稷百姓的腐儒。在东吴群儒的比照中，诸葛亮的形象分外可敬可佩。

诸葛亮舌战群儒的惊人之处，是他那政治家和外交家的远大战略眼光。他毫不留情地回击群儒的挑衅，目的不是单纯地搞臭他们，维护刘氏集团的尊严，不辱使命，更重要的则是清除东吴文士恐惧曹操的变态心理，为下一步说服孙权、联合抗曹创造条件。所以，舌战过程中诸葛亮排出干扰，紧紧抓住曹军是否强大，曹操野心能否得逞这个关键问题，层层削笋，直到令群儒众皆失色、无言以对，充分表现了他的智慧与谋略。诸葛亮能战胜群儒的一个主要原因是在论辩中，善于透过事物的表面现象，把握其本质，理顺纷繁复杂事物之间的关系，在敌人的暂时强大中看到了其无法克服的矛盾和潜伏的危机，在自我的失败中看到了有利的转化因素和胜利的前景。他不以一时一事谈得失，不以出身贵贱论英雄，主张务实、重视实践，反对脱离实际的空谈，反对舞文弄墨以欺世盗名。他阐述的观点和分析问题的方法，体现了一定的朴素的唯物论思想。诸葛亮的形象可以说是中国传统文化积淀的硕果，在他的身上既显示了春秋战国以来涌现出的政治家、外交家的风范，又体现了纵横家、谋臣策士的超伦辩才。毋庸讳言，这个人物形象也反映了浓厚的封建意识与一定的历史局限性。

孔明挥泪斩马谡

却说孔明回到汉中，计点军士，只少赵云、邓芝，心中甚忧；乃令关兴、张苞，各引一军接应。二人正欲起身，忽报赵云、邓芝到来，并不曾折一人一骑；辎重等器，亦无遗失。孔明大喜，亲引诸将出迎。赵云慌忙下马伏地曰："败军之将，何劳丞相远接？"孔明急扶起，执手而言曰："是吾不识贤愚，以致如此！——各处兵将败损，惟子龙不折一人一骑，何也？"邓芝告曰："某引兵先行，子龙独自断后，斩将立功，敌人惊怕，因此军资什物，不曾遗弃。"孔明曰："真将军也！"遂取金五十斤以赠赵云，又取绢一万匹赏云部卒。云辞曰："三军无尺寸之功，某等俱各有罪；若反受赏，乃丞相赏罚不明也。且请寄库，候今冬赐与诸军未迟。"孔明叹曰："先帝在日，常称子龙之德，今果如此！"乃倍加钦敬。

忽报马谡、王平、魏延、高翔至。孔明先唤王平入帐，责之曰："吾令汝同马谡守街亭①，汝何不谏之，致使失事？"平曰："某再三相劝，要在当道筑土城，安营守把。参军大怒不从，某因此自引五千军离山十里下寨。魏兵骤至，把山四面围合，某引兵冲杀十馀次，皆不能入。次日土崩瓦解，降者无数。某孤军难立，故投魏文长求救。半途又被魏兵困在山谷之中，某奋死杀出。比及归寨，早被魏兵占了。及投列柳城时，路逢高翔，遂分兵三路去劫魏寨，指望克复街亭。因见街亭并无伏路军，以此心疑。登高望之，只见魏延、高翔被魏兵围

住，某即杀入重围，救出二将，就同参军并在一处。某恐失却阳平关，因此急来回守。——非某之不谏也。丞相不信，可问各部将校。"孔明喝退，又唤马谡入帐。谡自缚跪于帐前。孔明变色曰："汝自幼饱读兵书，熟谙战法。吾累次丁宁告戒：街亭是吾根本。汝以全家之命，领此重任。汝若早听王平之言，岂有此祸？今败军折将，失地陷城，皆汝之过也！若不明正军律，何以服众？汝今犯法，休得怨吾。汝死之后，汝之家小，吾按月给与禄粮，汝不必挂心。"叱左右推出斩之。谡泣曰："丞相视某如子，某以丞相为父。某之死罪，实已难逃；愿丞相思舜帝殛鲧用禹之义②，某虽死亦无恨于九泉！"言讫大哭。孔明挥泪曰："吾与汝义同兄弟，汝之子即吾之子也，不必多嘱。"左右推出马谡于辕门之外，将斩。参军蒋琬自成都至，见武士欲斩马谡，大惊，高叫："留人！"入见孔明曰："昔楚杀得臣而文公喜③。今天下未定，而戮智谋之臣，岂不可惜乎？"孔明流涕而答曰："昔孙武所以能制胜于天下者④，用法明也。今四方分争，兵戈方始，若复废法，何以讨贼耶？合当斩之。"须臾，武士献马谡首级于阶下。孔明大哭不已。蒋琬问曰："今幼常得罪，既正军法，丞相何故哭耶？"孔明曰："吾非为马谡而哭。吾想先帝在白帝城临危之时，曾嘱吾曰：'马谡言过其实，不可大用。'今果应此言。乃深恨己之不明，追思先帝之言，因此痛哭耳！"大小将士，无不流涕。马谡亡年三十九岁，时建兴六年夏五月也。后人有诗曰：

失守街亭罪不轻，堪嗟马谡枉谈兵⑤。

辕门斩首严军法，拭泪犹思先帝明。

（引自《三国演义》第九十六回）

【注释】

① 街亭：又名"街泉亭"，故址在甘肃秦安县东北，汉置。诸葛亮北伐兵出祁山，派马谡拒魏军于街亭。马谡不听王平劝谏，居山下寨，为魏军所败。

② 舜帝殛（jí）鲧：相传远古时洪水泛滥，舜派鲧治水，失败后被杀；舜用其子禹继承父业，治水终获成功。

③ 楚杀得臣而文公喜：楚国大将成得臣，由于对晋作战失利，回国被迫自杀。晋文公听到这个消息很高兴。

④ 孙武：春秋时军事家，吴王阖闾拜为将，以军法严明约束、训练部队而闻名，著有《孙子兵法》。

⑤ 堪嗟：可叹。

解读

诸葛亮挥泪斩马谡是《三国演义》中描写得十分生动传神而又特别耐人寻味的精彩片段。故事的缘起是这样的：魏主曹丕死后，其子曹睿即位，诸葛亮惨淡经营，励精图治，蜀汉国力得到一定的充实。为了实现刘备恢复汉室的遗愿，诸葛亮上《出师表》，兴兵北伐。他率军讨魏，旗开得胜，大败魏国驸马夏侯楙，智取南安、天水、定安三郡，收服姜维，击败魏国大将军曹真。消息传至魏国，曹睿震惊，太傅钟繇保举已被朝廷罢官、闲居乡里的司马懿重新复官。曹睿准奏，加封司马懿为平西都督，领兵拒蜀。司马懿韬略过人，就在动身赴任过程中，迅速消灭了欲反魏投蜀的新城太守孟达，随后率大军直扑街亭。街亭乃诸葛亮伐魏用兵的咽喉要地，对蜀、魏谁胜谁负至关重要。诸葛亮点将时，蜀汉参军马谡主动请缨，并立下军令状，表示有拒敌制胜的充分把握。诸葛亮爱才惜才，素对马谡十分信任和倚重。但固守街亭干系甚重，司马懿又非等闲之辈，所以对马谡一再叮嘱，又派王平相助，诸葛亮才安下心来。然而，马谡到街亭后，自以为是、大意轻敌，把诸葛亮的叮嘱早已抛

到脑后，又拒绝王平的劝阻，不在五路总口下寨，而屯兵山上。司马懿老谋深算，兵到街亭，"先断汲水道路"，后"把山四面围定"，再沿山放火，致使山上两万蜀兵狼狈逃窜，街亭失守，蜀军惨遭重创。司马懿率十五万大军以风雷闪电之势追至西城之下，在这千钧一发之际，诸葛亮巧施空城计吓退魏兵，连夜撤回汉中，毫不手软砍了马谡的脑袋。

在斩马谡这段短小精悍的情节中，作者把情与法的矛盾、爱与恨的冲突、痛与悔的心理写得淋漓尽致，层次分明。

首先，他把一个"斩"字写得一波三折。军事失利，如何处置败军之将，这不是简单地杀与赦的问题，而是情与法谁战胜谁的问题。作为卓然超群的政治家，诸葛亮把此事处理得法度严、情义重、众人服。他先是唤来王平，细审街亭失守的实况，查明事实责任。又唤来马谡入帐，申明法度，痛责其罪。他说："街亭是吾根本，汝以全家之命，领此重任。汝若早听王平之言，岂有此祸？今败军折将，失地陷城，皆汝之过也！若不明正军律，何以服众？"当看到马谡愿意服法，诸葛亮挥泪动情地说："吾与汝义同兄弟，汝之子即吾之子也。"至此，情与法的矛盾在身家性命、妻儿老小的问题上得到初步解决。不料，正当辕门问斩之时，参军蒋琬高喊刀下留人。他不是从私情而是从国家利益出发请求赦免马谡。他认为天下未定，不能杀戮智谋之臣。诸葛亮以出色政治家的远见卓识，从人才和法制关系上权衡得失，立斩无赦。他说："昔孙武所以能制胜天下者，用法明也。今四方分争，兵戈方始，若复废法，何以讨贼耶！合当斩之。"于是马谡被就地正法。正是在这个一波三折、步步深入的描写中，诸葛亮的思想风貌和政治品格被鲜明地突现出来。

其次，作者把一个"哭"字也写得有声有色。当马谡的首级被武士置于阶下，诸葛亮大哭不已。他之哭，内涵有三：一为痛，痛失人才，痛失功臣。马谡是西蜀后期一位重要的军事将领，他熟读兵书，颇懂战术，作战亦很勇敢。当年诸葛亮南征蛮兵，马谡提出"攻心为上、攻城为下、心战为上、兵战为下"的战略与诸葛亮不谋而合，使诸葛亮大加赞赏，以参军用之。正是执行了这条正确的战略战术，才有七擒孟获的历史佳

话，使蜀汉南部免受侵扰，后方安定。为了除掉司马懿这个蜀中大患，又是马谡献反间计，使曹睿削了司马懿的官职。而这样一个有才能的人，恃才骄矜，铸成失街亭的大错，为严肃军律法度不得不斩，爱才惜才的诸葛亮怎能不痛彻心肺，大哭不已呢！二哭是悔。当年刘备白帝城托孤之时，曾提醒诸葛亮，马谡"言过其实，不可大用"。而今此言正好应验。诸葛亮悔恨自己忘记了先帝的嘱托，悔恨自己用人不当，他爱才识才，却不如刘备看人入木三分，以至于破坏了全局的战略部署，悔之晚矣。三哭因责。马谡请缨时即已露出轻敌傲慢的态度。他对诸葛亮轻狂地说："我自幼熟读兵书，颇知兵法，难道一个小小的街亭都守不住吗？"诸葛亮进一步叮嘱他，司马懿绝非等闲之辈，更有张郃等名将相随。马谡却说："休道司马懿、张郃，便是曹睿亲来，有何惧哉！若有差失，乞斩全家。"其刚愎自用、恃才妄诞之态溢于言表。作为成熟的政治家，诸葛亮对此是应该有察觉的。但他被过去的"当世奇才"的印象所误导，虽然千叮咛、万嘱咐，又采取了各种补救措施，但都没有从根本上制止失误。看来智者千虑亦有一失。所以在痛悔之余，他严厉地责罚自己，他哭自己不识贤愚、用人失察，造成如此重大的损失。通过这"三哭"，使诸葛亮严于律军、律己、大公无私和襟怀坦荡的政治品格更加丰满高大，栩栩如生。

最后，这个小片段中铺垫和对比的手法也用得别开生面。街亭战役，蜀军大败。但在箕谷撤军中，赵云一人断后，斩将立功，所辖部队不曾折损一人一将，军资亦不曾遗失。诸葛亮大喜，亲引诸将出迎。赏黄金五十斤、绢万匹。赵云力辞不收。请求把赏资寄存国库，候冬季来临之时赐与诸军。本来要写挥泪斩马谡，却先写喜迎赵云，重赏其军。这一喜一斩、一赏一罚，对比强烈，更烘托了挥泪斩马谡的悲剧气氛，也使诸葛亮赏罚分明的治军方略更好地凸现出来。